VOUS ÊTES NÉS À LA BONNE ÉPOQUE

Originaire de Nancy, Matthieu Jung a publié des chroniques et des nouvelles dans de nombreuses revues et sur Internet. Il est l'auteur de *La Vague à l'âme* (Scali, 2007) et de *Principe de précaution* (Stock, 2009).

Paru dans Le Livre de Poche :

PRINCIPE DE PRÉCAUTION

MATTHIEU JUNG

Vous êtes nés à la bonne époque

ROMAN

STOCK

L'auteur remercie le Centre national du Livre

ISBN : 978-2-253-16657-3 – 1re publication LGF

À la mémoire de Simone Marzat.

I

J'ai suffisamment fréquenté les divans pour savoir que, depuis mon réveil, j'avais lambiné en avalant mon muesli délayé dans un Sveltesse à 0 %, traînassé sous ma douche puis fignolé mon maquillage parce que la perspective d'assister au mariage de Lucas ne me « réjouissait pas outre mesure » – pour emprunter à ma grand-mère son euphémisme de prédilection. Je n'ai jamais précisément calculé les fortunes que j'ai englouties chez mes différents psys, sans quoi je m'abîmerais dans une sinistrose qui appellerait une vingtaine de séances supplémentaires, mais on doit approcher les mille cinq cents euros annuels, à multiplier grosso modo par quinze. Même en décomposant l'opération en une somme de deux facteurs, pour y inclure le passage du franc à la monnaie unique, on n'allégerait pas l'addition.

J'ai beau ne plus tirer le diable par la queue depuis belle lurette, le total donne le vertige.

Au bout du compte, le retour sur investissement n'est guère satisfaisant, sans que j'impute cet échec à personne d'autre que moi. Voilà quelques années, quand une polémique a opposé les tenants de l'analyse aux partisans des thérapies comportementales, je ne me suis pas sentie habilitée à trancher pour la bonne raison que, sur ma petite personne, les deux méthodes ont globalement échoué. L'une et l'autre m'ont certes apporté du réconfort, mais elles ne m'ont jamais réellement permis d'apaiser le malaise qui m'aura travaillée mon existence durant, ni même d'en identifier clairement l'origine.

L'échange des consentements n'avait lieu qu'à onze heures, mon réveil avait sonné à la demie de huit heures, mais je m'étais arrangée pour me mettre en retard. Alors que j'avais prévu de marcher à mon rythme jusqu'à la mairie, j'ai dû en catastrophe appeler un taxi qui m'a évidemment annoncé un quart d'heure d'attente, à peu près le temps que me prendrait le trajet avec la ligne 5. Je me suis précipitée vers la station Bréguet-Sabin où, entendant le métro arriver dans un fracas de ferraille, j'ai dévalé les escaliers, si bien que je dégoulinais déjà quand je me suis *in extremis* engouffrée dans la voiture de queue. Personne depuis ce matin n'ayant jugé opportun de l'aérer, il y régnait une chaleur suffocante. On se demande parfois comment les gens se débrouillent pour atteindre un tel degré de stupide mollesse. Avant de m'asseoir sur l'une des banquettes en vis-à-vis, j'ai écarté, en soupirant bruyamment à l'intention des deux ruminants avachis là, les minuscules fenêtres qui ont coulissé dans un couinement de métal mal huilé.

La RATP se décidera-t-elle un jour à climatiser son matériel, afin que ses usagers voyagent enfin dans des conditions de confort dignes d'un pays développé comme le nôtre ? Ballottée par les cahotements du train, j'ai clos les paupières et visualisé le visage de Charlotte pour m'abstraire de cette étuve nauséabonde, consciente que je me montais le bourrichon contre les services publics pour absoudre mon inconséquence à bon compte, puisque la responsabilité de ce désagrément m'incombait entièrement.

J'ai estimé plus positif de me féliciter pour la énième fois d'avoir acheté si près du cabinet, de sorte que je suis affranchie des embouteillages et des transports en commun. Et puis, si je tenais absolument à me remuer un peu en prévision des agapes de ce soir, rien ne m'interdirait de rentrer à pied, après la cérémonie. J'aurais largement le temps de regagner mon abri, avant l'arrivée des chars. Vu leur vitesse de progression, les autorités avaient annoncé qu'ils investiraient la Bastille vers seize heures.

En refaisant surface, quatre arrêts plus loin, je me suis reproché de n'avoir pas jeté un œil au bulletin météo, hier soir, parce qu'un parapluie n'aurait pas été superflu, si j'en jugeais par les lourds nuages anthracite qui menaçaient de crever au-dessus de la place Jacques-Bonsergent. Je me suis alors assigné ce cahier des charges contradictoire de presser le pas pour éviter l'averse tout en économisant mes efforts afin de ne pas accroître ma sudation. Je ne supporte pas d'être en nage sous la pluie ailleurs que sous les tropiques. Un des rares souvenirs rescapés du naufrage reste cet orage carabiné qu'avec Alain nous avions essuyé sur nos vélos de location, en pédalant vers l'anse du Diamant, l'année où nous avions fêté mon anniversaire à la Martinique. Ce débile m'offrait encore des voyages, à l'époque.

Heureusement, j'avais pensé à m'appliquer du détranspirant, hier soir. La rumeur enfle, chez certains généralistes, que le chlorure d'aluminium présent dans le produit favorise l'Alzheimer en se diffusant dans l'organisme mais enfin… L'Etiaxil m'est parfois d'un grand secours. D'ailleurs, une sénilité précoce représenterait peut-être une manière de solution dans la mesure où, une fois gaga, je me contreficherais de puer des aisselles.

Camille me téléphonait au moment même où je l'apercevais, au loin. J'ai pris la communication.

— Bonjour, Camille, je te vois.

— Ah oui, moi aussi, je te vois, à tout de suite…

Je les ai embrassés, elle et Christian. Ils sont mariés mais leurs deux enfants proviennent chacun d'un premier lit. Ils appartiennent donc à cette catégorie de couples que rien d'autre en apparence ne réunit que le désir de vivre ensemble.

— Les garçons, la forme ?

— Oui, ça va, a répondu Camille. On sera contents quand Mathys aura terminé sa crise d'adolescence, ça m'évitera de recevoir des coups de fil du commissariat du VIIe arrondissement…

— Pourquoi, qu'est-ce qui s'est passé ? ai-je demandé, ainsi que son accroche énigmatique m'y invitait implicitement.

— Oh bah figure-toi qu'il s'est fait choper en train de fumer un joint aux Invalides, cette andouille… Le flic avait l'air encore plus emmerdé que moi quand je me suis pointée pour le récupérer. Oh non, je te jure, ça fait sérieux pour une juge des enfants…

Charlotte, quant à elle, ne m'a jamais joué des tours pareils. Si elle n'avait pas deux ou trois fois fait le mur pour s'éclater en discothèque avec des copines, l'été de ses dix-sept ans, je me reprocherais d'avoir fabriqué une petite fille modèle.

— Il a quel âge, déjà ?

— Seize ans.

Un instant, j'ai été tentée d'évaluer l'âge que j'aurais, lorsque mon fils atteindrait ses seize ans, si j'étais tombée enceinte séance tenante par l'opération du Saint-Esprit, mais j'ai tenu la bride à mon imagination, au prix toutefois d'un rodéo mental si éreintant que je doutais de réussir à renouveler cette prouesse plusieurs fois dans la matinée.

— Le pire, c'est qu'une fois dehors il avait l'air de s'en taper complètement. Moi, je ne le lâchais pas des yeux pour lui faire honte, qu'il se rende compte quand même, du coup j'ai raté une marche et je me suis, mais *vautrée* comme une conne dans les escaliers !

Elle a agité sa main droite en mordillant sa lèvre inférieure.

— Je suis tombée sur le genou, je me suis fait mal, ah la vache, tu peux pas t'imaginer, j'en aurais chialé.

Pas un muscle de mon visage n'a frémi lorsque j'ai aperçu Fanny qui, alourdie par sept mois de grossesse, s'extrayait avec difficulté de son Renault Espace avec le concours d'Erwan. Des années d'entraînement m'ont appris à ne plus m'écrouler qu'intérieurement.

— Un peu plus, je passais tout droit du commissariat à l'hôpital !

Qu'est-ce qui leur arrive, à ces pondeuses ?

Julie, quatre enfants.

Marie, *idem*, elle vient d'accoucher.

Erwan et Christelle, qui attendent leur troisième et n'entendent pas débrancher la couveuse…

Je me suis, du coup, souvenue de la théorie qu'Erwan avait développée, lors du dernier dîner chez Lucas, au sujet de la démographie florissante en France. Ce désir, chez pas mal de parents, d'élever une « famille nombreuse et nucléaire » s'apparente à un réflexe de survie davantage qu'à une réaction consciente, face aux comportements hédonistes issus des idéaux libéralo-libertaires de Mai 68, mortifères à long terme pour la société, d'après ce puissant penseur. De même, il diagnostique, dans la revendication du droit au mariage et à l'adoption par certains militants gays et lesbiens, une jalousie maladive envers les hétéros qui les pousse à recourir aux biotechniques et aux micmacs législatifs pour contourner les interdits radicaux de la nature bornée.

« Ils voudraient nous ressembler, c'est pas plus compliqué ! gloussait-il en dégustant sa manzana. En cas d'explosion atomique ou d'éruption volcanique géante, s'il reste plus que deux hommes et deux femmes dans un coin du monde, je t'assure qu'ils s'interrogeront pas longtemps sur leur identité sexuelle. Dans les trois jours, tout ce beau monde copulera pour croître et multiplier et point barre ! »

Cette assertion m'avait choquée, je dois le reconnaître. Je l'ai jaugé d'un autre œil à partir de ce jour-là, et j'ai toujours soupçonné, sous ces discours alambiqués, un fond d'homophobie anciennement enkysté. De toute façon, on ne choisit pas sans antécédents suspects ce très particulier métier de douanier. Toutefois, n'ayant jamais analysé en profondeur ces questions, je ne m'étais pas senti les épaules pour me lancer dans une controverse avec Erwan, qui a pas mal bouquiné dans sa vie, je crois. Personnellement, quiconque veut avoir des enfants, eh bien, qu'il en ait, je ne vois pas pourquoi on l'en priverait, la seule chose qui m'inquiète, c'est de savoir comment je vais réussir, moi, à en faire un deuxième.

Après, le reste, les autres, je-m'en-*fous*.

« Cela dit, avait ajouté Erwan, on occulte la part capitale de l'immigration dans les bons chiffres de la natalité française. »

À quoi j'avais conclu que, en plus de l'homophobie, il convenait d'ajouter le racisme au nombre de ses tares, élément guère surprenant puisque les deux marchent en général de pair.

Quoique…

J'ai déjà rencontré pas mal de Blacks et de Beurs qui détestent viscéralement les « pédés », coupables à leurs yeux de « débauche », mais aussi beaucoup d'homos qui expriment une franche aversion à l'égard des populations issues des quartiers, où la reconnaissance du droit à la différence reste souvent à conquérir.

— Et toi, Charlotte, ça va ?

J'ai haussé les épaules.

— Oh, elle, ça va, oui… Moi j'utilise une boîte de Kleenex par jour pour éponger ma peine, mais elle, elle est aux anges, c'est le cas de le dire…

— Elle est partie quand ?

Derrière Camille, Erwan avançait sur la pointe des pieds, arrondissant les yeux à mon intention, index posé à la verticale de ses lèvres. Combien d'années encore conservera-t-il, malgré son front dégarni, ce visage poupin ?

— Le 4… J'ai passé une semaine à Los Angeles pour l'épauler dans ses démarches. Je suis contente, elle s'est trouvé une chouette coloc.

Camille a sursauté quand Erwan lui a planté, telles deux banderilles émoussées, ses index dans les reins. Ensuite, il a éclaté de rire, ravi de sa farce, pleinement présent, *hic et nunc*. La joie de vivre qu'il dégageait m'a brisé le cœur.

Il s'est tourné vers moi.

— Hello-oo, Nath !

Il a posé sa main droite sur mon épaule gauche, en même temps qu'il m'embrassait sur les joues.

— Tu comptes t'arrêter un jour d'être aussi sexy ?

Un moment, je me suis demandé s'il ironisait. Néanmoins, comme je ne l'ai jamais vu se moquer de personne et qu'il est au contraire plutôt « franc du collier », j'ai dû me résoudre à l'évidence : son compliment n'avait rien d'hypocrite.

— T'as vraiment une mine superbe !

Son exclamation m'a confirmé ses lacunes en matière de psychologie féminine puisque mon hâle estival, entretenu par quelques après-midi de bronzette sur le balcon, avait suffi à le leurrer.

« Une mine superbe » !

Alors que j'agonisais moralement depuis une semaine à l'idée d'entendre le consentement mutuel des futurs époux…

— Qu'est-ce que tu disais, Camille, tu parlais d'hôpital ?

Pendant qu'elle répétait sa mésaventure, mon regard s'est porté vers les invités éparpillés par grappes devant la mairie. De nombreux couples se forment au mariage de leurs amis, à ce qu'on prétend. Des dizaines de films traitent de ce thème. Je ne me souviens du titre d'aucun. Je possède, en revanche, un talent inimitable pour tirer vers le bas les courbes statistiques.

Malgré une étude approfondie de la gent masculine, je n'ai repéré aucun célibataire potable, ni même un amant potentiel, hormis le frère de Lucas, qui s'est pacsé au mois de janvier avec Samira, une femme charmante et généreuse, même si, la pauvre, dame nature ne l'a pas gâtée… Elle s'était attifée, comme à son habitude, alors que les anciennes consœurs de Soizic, drainées ici par l'événement, rivalisaient d'élégance. Trop peu de chevaliers servants les accompagnaient, à mon sens. La concurrence ferait rage, ce soir, sous la boule à facettes.

Les parents de Lucas, quant à eux, s'ignoraient royalement.

Un bruissement s'est alors élevé de l'assistance.

Soigneusement mal rasé depuis trois jours, d'une beauté farouche dans son costume écru, Lucas s'approchait, nonchalant, par la rue du Faubourg-Saint-Martin.

Comme en n'importe quelle autre circonstance, il avait laissé ouverts les deux boutons du haut de sa chemise, sans quoi les poils de son torse n'en auraient pas dépassé. Il n'allait tout de même pas se raser, ni porter une cravate, au seul prétexte *qu'il se mariait* !

Derrière ses lunettes de soleil *vintage* – mais vraiment *vintage*, puisqu'elles protégeaient déjà des ultraviolets les iris de son grand-père –, on aurait plus que jamais dit Delon, même si je m'apercevais pour la première fois qu'il ressemblait au fils davantage qu'au père, plus à Anthony qu'à Alain. Récemment d'ailleurs, lors d'un barbecue à Levallois où des minets de la *hype* dénigraient Delon junior qu'ils avaient vu à *Envoyé spécial* assurer que son équilibre dépendait désormais d'une vie familiale réglée et de longues excursions à vélo qu'il s'octroyait à travers la campagne, Lucas s'était éclipsé après le dessert, au motif qu'il « aime bien Anthony ».

Je ne sais pas comment Lucas se débrouille pour appeler par son prénom le quart de Paris. Il ne s'en vante jamais, en tout cas, probablement parce que ces fréquentations nocturnes induisent peu d'amitiés authentiques.

Dans la petite bande, une anecdote fameuse circule encore. Je m'en souviens précisément, car la scène s'était produite quelques semaines avant que je marche du pied droit dans la crotte, je veux dire, avant que je rencontre Alain. Nous dînions tous ensemble dans un restaurant, à Belleville, lorsque les regards avaient soudain convergé vers la porte à tambour, où Virginie Ledoyen venait de s'engager. À la surprise de croiser une VIP dans ce bistrot pas bien prestigieux avait succédé l'ébahissement, quand elle s'était avancée vers Lucas en lui lançant une œillade cajoleuse, où ne luisait néanmoins pas la moindre connotation séductrice, mais qui exprimait la profonde sympathie qu'elle lui portait. Devant les convives médusés, tout en s'appliquant à ne croiser aucun regard de la tablée pour ne pas risquer l'interpellation d'un raseur, elle avait dit, en lui claquant sur chaque joue un bécot humide : « Oh, Lucas, tu vas bien, c'est chouette de t'voir ! » avant de rejoindre les copines qui l'attendaient. Nous étions certes préparés à des péripéties de ce genre quand nous sortions avec Lucas, pourtant je mettrais ma main au feu que nous avions tous lutté pour ne pas demander : « Quoi, quoi, tu connais Virginie Ledoyen ? Mais c'est juste pas croyable, tu l'as rencontrée où ? Ça fait quel effet de faire la bise à une star internationale ? »

Il lui avait peut-être retapé son appart ?

D'ailleurs Lucas, qui est aussi timide que discret, n'avait pas apprécié que l'attention se focalise ainsi sur lui. Il traversait un épisode dépressif, buvait pas mal, fumait plus encore. La seule fois où nous avons terminé la nuit ensemble se situe à cette période. À notre décharge, il faut reconnaître que nous étions l'un et l'autre passablement alcoolisés. J'ai toujours considéré ses caresses de ce soir-là comme une obole affective qu'il m'aurait accordée pour ne pas me laisser dormir seule mais aussi pour ne pas me vexer en ne me touchant pas. Profondément, je crois que Lucas a couché avec moi parce qu'il ne m'aimait pas, parce que certains blocages psychiques l'inhibaient pour coucher avec une femme qu'il aimerait. Quand enfin, dans sa trente-cinquième année, il a réussi à les dépasser et à lier sentiments et sensualité dans sa relation avec Soizic, il s'est empressé de lui demander sa main, avec la ferme intention de s'astreindre à la monogamie jusqu'à son dernier souffle.

Peut-être le divorce de ses parents décuple-t-il sa motivation pour amener coûte que coûte son couple à bon port ? La procédure s'est éternisée pendant *trois ans*, trois ans de manipulations infâmes et de monstrueux déchirements, au regard desquels *Kramer contre Kramer* ressemble à une bluette. Jamais une excuse n'a été prononcée. Vingt-cinq ans après, la haine qui les lie reste aussi tenace, elle est peut-être même devenue plus implacable qu'aux premiers jours de leur séparation.

Alors je souhaite à Lucas de rester soudé à Soizic lors des épreuves que comporte fatalement toute union, sincèrement j'espère que ces deux-là vieilliront ensemble car, même si Lucas supporte mal quand j'emploie ce verbe – « Cette notion de mérite est absurde, Nathalie, tu crois que les milliers d'enfants africains qui meurent tous les jours *méritent* leur sort ? » –, je ne m'en dédirai pas : ce bonheur qu'il édifie jour après jour, oui, Lucas le mérite.

« Elle a des enfants, Virginie Ledoyen ? » avais-je failli demander à la ronde, mais je m'étais abstenue, sinon ça se serait trop vu, pour moi.

Tout de même, Lucas s'entoure de sacrés zozos, car Hervé embaumait déjà la vodka quand il m'a saluée. Il a si peur de la mort… Il en parle tout le temps. Il ne peut pas s'en empêcher. D'après les derniers potins, ils s'étaient séparés, pourtant Florence l'accompagnait, pomponnée comme toujours. Malgré leur énième rabibochage, je doute qu'elle tolère éternellement de voir Hervé s'enivrer de la sorte pour essayer d'oublier qu'on nous allongera tous entre quatre planches. De son côté, il serait bon qu'elle surmonte sa phobie des dentistes parce qu'une femme aussi coquette arborant ces chicots, c'est rebutant. Elle n'a pas mis les pieds chez un praticien depuis dix ans, je crois.

Dans son salon, après l'enterrement de vie de jeune fille de Soizic, en buvant du Ricard à trois heures du matin, elle me racontait ses traumatismes infantiles causés par ses visites chez le Dr Muscain, un incompétent qui ratait chaque fois son anesthésie, si bien que, les poings crispés sur les accoudoirs du fauteuil de torture, elle tressaillait de douleur quand il lui touchait le nerf en nettoyant une carie. Depuis, tout la révulse : l'éclairage froid du cabinet, le vrombissement aigu de la roulette, le goulot de l'aspirateur à salive, l'inconfort de la posture, tout.

« Oui, j'en parle à mon psy mais lui son rôle c'est de m'aider à mieux gérer mon stress, pas à prendre rendez-vous à ma place. À terme, j'envisage plutôt un arrachage total, sous coma artificiel comme les grands brûlés, puis la pose d'une prothèse qui réglera la question. »

Ensuite, elle m'avait relaté l'échec de ses deux fécondations *in vitro* en Belgique. Pour sa troisième tentative, elle avait insisté auprès de ses parents afin qu'ils l'accompagnent, escomptant que le soutien moral de son père, au moment de l'insémination, favoriserait l'accrochage de l'embryon à la paroi utérine. Oui, elle avait mis toutes les chances de son côté dans l'espoir que se développerait enfin dans sa matrice le « merveilleux miracle de la vie », comme elle le qualifia poétiquement.

Bien sûr, elle préférerait recourir sous les assauts d'Hervé à la « méthode du père Adam », mais lui s'y oppose obstinément.

« Il serait trop content pour moi si ça marchait, en plus il rêve d'entendre un môme brailler dans l'appart mais, en même temps, il se sent pas la maturité pour devenir parent, il préfère taper le bœuf avec ses potes et se pochtronner la gueule, regarde-le. »

De fait, Hervé ronflait sur une table, pendant que quelques fêtardes trémoussaient encore leur popotin en criant : « Car *ça*, c'est vraiment touaaah. » Il avait été autorisé, après le départ du stripteaseur, à s'immiscer dans notre bacchanale en principe interdite aux hommes.

Le clou de la matinée s'est produit lorsqu'un désuet autobus à impériale, loué pour l'occasion à la RATP, s'est arrêté devant la mairie. Le véhicule transportait pour seuls passagers Soizic et son père, qui en sont descendus par les portes arrière.

Toute la semaine, j'avais redouté cet instant fatidique, mais j'ai été soulagée en constatant que Soizic était moins resplendissante en tenue d'apparat qu'au naturel. En général, les mariées ne sont guère mises en valeur, le visage figé sous une épaisse couche de maquillage, perchées sur les échasses de leurs talons démesurés, engoncées dans des robes de haute couture qu'elles n'ont pas l'habitude de porter.

Souvent, l'époux rayonne, le jour de ses noces.

Sa femme, rarement.

Mais sans doute les hommes pensent-ils le contraire.

Des gouttelettes de sueur m'ont picotée, au-dessus de la lèvre supérieure, quand l'idée m'a effleurée que Soizic était peut-être magnifique, en réalité, mais que l'envie atteignait en moi des proportions tellement catastrophiques qu'elle altérait jusqu'à ma perception oculaire.

Le phénomène est-il physiologiquement observable ?

Il faudrait que je compulse la littérature scientifique pour vérifier si des articles ont été publiés sur le thème.

Son visage arborait cette inimitable sérénité des filles qui ont reçu de leur père suffisamment d'amour pour considérer qu'il va de soi qu'on les respecte, où qu'elles aillent. Sans effort, sans même s'en apercevoir, lors des périodes de sécheresse sentimentale, elles puisent comme en d'abondantes nappes phréatiques dans cette estime de soi dont elles disposent à satiété, pendant que certaines – et je ne vise personne – se fatiguent des années pour en accumuler une chiche réserve, alimentée par un précaire système d'irrigation ayant nécessité en amont un gigantesque travail d'étude, le bricolage d'usines de dessalement et l'édification de barrages artisanaux, que balaient comme fétu de paille la moindre tempête sous un crâne ou la plus légère activité sismique dans la région du cœur, rapportant disette et même famine endémiques.

Nous avons attendu une demi-heure que les précédents contractants cèdent la place, puis un employé de la mairie nous a enfin conviés à gravir l'escalier d'honneur. Une affiche, punaisée dans le hall, annonçait que la Techno Parade de cet après-midi aurait pour thème « la mixité ».

Quand la salle des mariages a été remplie, l'assesseur s'est lancé dans un speech interminable où il soulignait que le Code civil stipule depuis 2006 que les époux se doivent en premier lieu le respect, avant l'assistance, le secours et la fidélité. Alors qu'il concluait par une touche originale et colorée, en souhaitant « beaucoup de bonheur aux jeunes mariés », Sibylle a débarqué, encore plus soûle qu'Hervé. Elle chancelait, et s'est cognée aux chaises en rejoignant les places du fond. Je crois qu'elle ne supporte plus du tout d'habiter chez sa mère. Elle participe au loyer, certes, pourtant elle m'a donné l'impression d'arriver à l'extrême limite de sa résistance – un peu comme moi. Il était moins une car la maire, ou la mairesse, je ne sais jamais comment on doit dire, a sollicité les consentements de Soizic puis de Lucas, lesquels ont prononcé deux « Oui » assurés, avant de se glisser la bague au doigt et de s'embrasser chastement. Alors, un tonnerre d'applaudissements a retenti et les larmes ont coulé, tandis que les témoins paraphaient les registres. Hervé, très élégant dans un costume de lin beige, filmait la scène avec un caméscope numérique. Il ne titubait pas du tout, malgré son ébriété. Gilles et moi non plus, nous n'avions pas prêté serment à l'église. Ce lucide constat génère en moi une oppression diffuse mais, si je n'avais pas conservé son nom après le divorce, afin de ne pas désorienter ma patientèle, Gilles Dumont n'aurait laissé, en trois ans de mariage, strictement aucune trace.

Le cortège est redescendu avant de s'immobiliser sur l'étroit parvis de la mairie. Lorsque Soizic et Lucas se sont présentés sur le perron, une pluie de grains de riz les a accueillis, ainsi que d'éparses gouttelettes, prémices de l'ondée. Soizic riait aux éclats, radieuse, elle gigotait en protestant : « Bouh, j'en ai plein mon soutien-gorge, ça chatouille ! »

Quelques invités ont entonné en chœur : « Un baiser, un baiser ! » Recouvrant alors la solennité que requérait cette minute, Soizic a étreint par la nuque et attiré vers elle son homme, son *mari*, tandis qu'il l'enlaçait virilement, puis ils ont avec ferveur uni leurs lèvres, opposant un démenti éclatant et catégorique aux quelques mauvais coucheurs selon lesquels sévirait, à l'aube du siècle, une guerre larvée entre les sexes.

II

8 h 36.

D'où vient l'expression « gueule de bois » ?

De la bouche pâteuse provoquée par la déshydratation ?

Malheureux tout de même que passé la quarantaine on ne puisse plus envisager la moindre grasse mat quels que soient l'état et l'heure où on s'est vautré sur la couette. Sibylle m'a sciée hier soir à table en m'apprenant que, quand elle « tape », le lendemain elle dort jusqu'à des dix-sept heures.

« En été, ça va, il fait encore jour, mais t'imagine l'hiver, quand tu vois pas la lumière du week-end et qu'tu t'endors à cinq du mat le lundi en sachant qu'à neuf heures ton réveil va sonner et qu'il va falloir derrière assurer toute une semaine au taf ?! Comment tu veux que j'aie pas envie d'taper dans ces conditions, avec la pêche que ça m'donne la coke ? Nan mais c'est clair, j'suis addict. Avec la coke j'suis moi fois trois pendant quarante-huit heures, avec le shit j'suis moi divisée par deux direct, avec l'alcool j'suis moi fois deux jusqu'à un gramme cinq et après j'suis moi divisée par quatre. L'autre jour j'avais un déplacement en région, le samedi matin j'me réveille dans l'pieu d'un mec, je savais même plus où j'étais. Je descends dans la rue complètement à l'ouest, j'arrête un taxi : "À l'hôtel Ibis, jui dis. – Lequel ? y m'fait. – Quoi lequel ? – Bah oui, lequel, y en a quatre des Ibis à Bordeaux." Oui parce qu'en région maintenant non seulement ils ont l'Internet et l'eau courante mais en plus ils ont quatre fois l'hôtel Ibis ! Putain, comment j'étais verte, on a été obligés de tous les essayer, évidemment le mien c'était l'dernier, çui qui est près de la gare, pourtant je m'en souv'nais plus du tout. Faut dire qu'à l'aller j'avais déjà pas mal picolé dans le train. »

Heureusement vers quatre heures avant de me coucher, j'ai vidé mon litre d'Hépar sinon je n'ose imaginer à quoi aurait ressemblé mon réveil. Je n'ai pas bu plus d'une bouteille hier soir, pourtant, mais j'ai fumé quelques clopes.

« Moi tu vois coucher avec un homme que j'aime ça m'met mal à l'aise, autant sucer un inconnu dans une fête ça m'dérange pas mais m'rabaisser aux pratiques bestiales de la sexualité avec mon mec ça m'dégoûte, j'avoue. Et d'abord j'en ai marre mais vraiment ras l'bol de cette obligation d'niquer qu'on nous fout dans le crâne. Et la levrette machin, et si t'as jamais baisé dans un ascenseur t'es pas cool, et si tu partouzes pas t'es naze, et quand t'es un mec si tu t'es jamais fait prendre les fesses ça va pas, si t'es une meuf tu dois essayer avec une goudou, putain mais chais pas, on peut nous foutre la paix un peu ou merde ? », elle est *cash* Sibylle, elle est marrante, chaque fois que je déjeune avec elle, sa pêche m'épate, mais c'est ça, la jeunesse, et la jeunesse, je l'ai perdue. Elle a vingt-six ans seulement, Sibylle, n'empêche qu'elle rêve déjà de pouponner, elle aussi.

« Bah nan, nan, j'me masturb' pas moi. Toutes mes copines quand j'leur dis ça, elles comprennent pas, elles disent : “Mais tu d'vrais, tu sais pas c'que tu rates, essaye au moins, achète un sex toy”, nan, désolée pour moi l'amour ça s'fait à deux. D't'façon je crois bien qu'dans ma vie j'ai jamais eu un seul orgasme alors… Tant qu'à être mal baisée, autant l'être par quelqu'un… »

Depuis combien de temps n'ai-je plus éprouvé un semblant de plaisir à entrouvrir les paupières lorsque j'échappe aux bras de Morphée ? Il faudrait modifier génétiquement l'espèce comme les tomates pour que ces messieurs non plus ne puissent plus se reproduire, au-delà d'une certaine limite. Disons cinquante ans, parce que George Clooney, par exemple, il en a quarante-huit, pourtant s'il proposait de m'en faire un j'accepterais, même s'il saute ensuite sur tout ce qui bouge pendant ses tournages, au pire je touche la pension alimentaire après. Allez, on n'est pas vache, on leur laisse encore cinq années de privilège, le temps qu'ils s'habituent les pauvres chéris et après on modifie génétiquement l'espèce comme les tomates, à cinquante-cinq ans : stérilisation. Non mais tu te rends compte, des zigotos de soixante-dix piges, des jouisseurs invétérés, avant de clamser ils sont assaillis par la nécessité de se reproduire pour laisser une trace et bah ils peuvent et nous, non !

Regarde Montand.

Égoïste, va !

À quarante balais on prend du bon temps, on s'envoie Marilyn et Signoret sans compter les extras, et dans la dernière ligne droite on plante la petite graine histoire de se perpétuer *in extremis* ?

Taratata, taratata, trop facile !

Il a pensé à son fils, ce que c'est de grandir sans un père ? Il est gentil Lucas, et ça, les gens le sentent vite, c'est presque un *people* mais il reste modeste, du coup il attire plein de monde autour de lui, j'ai remarqué, son téléphone sonne sans arrêt, il faut prévoir trois semaines à l'avance si on veut déjeuner avec lui et pas seulement des repas d'affaires, il est d'une exemplaire fidélité en amitié, l'autre jour je l'ai aperçu en terrasse chauffée avec un semi-alcoolo barbu à cheveux gras et Paraboots trouées qui fumait des roulées : « C'est un pote de lycée », il a expliqué après, excuse apparemment qui justifiait tout. D'ailleurs, Son Excellence Erwan le Plouc était invitée hier parce qu'il a servi avec Lucas sous les drapeaux, en Allemagne. Ou bien alors la solution c'est l'égalité par le haut, qu'on ait le droit nous aussi de procréer jusqu'à soixante-dix berges ? Y a bien une mémé, en Italie je crois, qui a eu un môme à soixante-trois ans. J'en connais, moi, j'en connais des salauds pareils, dans leur tête ils ont bien tout manigancé, pour eux c'est clair, ils profitent à fond du célibat, et le jour où ils en ont ras la casquette des aventures sans lendemain, ils piochent, en Île-de-France, dans la tranche vingt-cinq/trente-cinq, ils disposent d'un vivier d'esseulées qui rêvent juste de tomber enceinte après un détour par la mairie, suffit d'y plonger la main, pas plus compliqué que d'attraper un homard dans l'aquarium du poissonnier pour peu qu'on ne soit pas trop moche ni trop con. Y en a même qui sélectionnent en fonction de l'âge, comme ce copain d'Alain, là, qui bavassait un soir entre la poire et le fromage : « C'est pas compliqué, moi, au-dessus de trente ans, j'élimine d'office, je n'ai pas envie que la mère de mes mômes elle soye grabataire. » Ou alors après quinze ans de mariage on largue les mômes et l'épouse pour se barrer avec la même en plus jeune, sans les pattes d'oie ni les vergetures. Mais elles se rendent compte ou pas, ces connes ? Quand elles auront quarante-cinq piges, la pleine maturité pour une femme, leur mari en affichera soixante au compteur, un croulant qui aura oublié la date de sa dernière érection, un *vieux* quoi, qui pue la résidence pour seniors, et là, elles deviendront anorexiques, pépé renâclera pour les accompagner en voyage organisé et refusera de passer au Viagra, elles pleurnicheront devant leur fille : « Ma chérie, ne te marie jamais, tu m'entends, JAMAIS, avec un homme plus âgé que toi, dix ans d'écart c'est le MAXIMUM. » Lui cet asticot, il en avait quarante-trois, il avait failli recevoir mon verre de brouilly en pleine face, d'ailleurs il n'avait plus moufté quand il s'était aperçu comment je le fusillais du regard. Ah oui, s'ils n'avaient plus le droit de se reproduire après cinquante ans, ils joueraient moins leurs malins, M. et Mme Prane ont une fille, comment l'appellent-ils ?

Dolly.

Oh ! pitié, sauve-moi, Dolly, sauve-moi, Doliprane.

Et Citrate de Bétaïne aussi, apaise mon estomac car le saumon n'est pas passé, il passera dans cinq minutes, à la cuvette si ça continue, pas passé du tout même, carrément resté « québlo », comme elle dit Sibylle.

Au moins maman maintenant que la débâcle est consommée, elle n'ose plus m'emmerder avec ses : « Alors, tu nous le fais, ce deuxième ? » comme quand j'avoisinais la trentaine. Ça, plus personne joue la comédie, on observe sur cette question un silence poli, on s'adresse à moi comme à une personne en situation de handicap, affligée d'une forme incurable d'infécondité jamais évoquée dans aucun congrès de chercheurs : depuis mon erreur de jeunesse, aucun mâle ne m'a considérée digne de lui. Une fois de plus, je suis trop sévère avec moi-même bien sûr, je le sais bien, car le choix éclairé qui m'a guidée m'honore, il traduit *l'attention que j'ai toujours portée aux conditions d'accueil de l'enfant*, mais aussi une anticipation de *ma capacité d'engagement dans une parentalité où le contexte relationnel et matériel soit favorable, face aux aléas des parcours de vie*, mes fesses.

Bon.

Donc là Nathalie on est d'accord, si on dresse un bilan provisoire de cette matinée, tu as quarante-deux ans, ta fille unique a déserté sa famille monoparentale depuis deux semaines, la probabilité d'enfanter s'amenuise seconde après seconde, il est 10 h 12 et tu rumines en fixant alternativement le plafond et le rayon de lumière qui perce entre les lames supérieures des volets électriques depuis une heure et trente-six minutes, comme si tu n'étais pas promise au vieillissement, à la mort et au crématorium, comme si chaque minute gaspillée n'était pas irrémédiablement perdue, comme si, spécialement pour toi, sans que personne n'explique pourquoi ni comment, l'écoulement des grains dans le sablier allait ralentir puis peu à peu s'arrêter.

À ce train-là, Charlotte va tomber enceinte avant moi. Je vais devenir grand-mère sans m'en apercevoir ! Quelle atrocité d'avoir à lutter contre l'émergence en soi d'un sentiment aussi abject qu'une jalousie envers sa propre gamine... Cette maladie honteuse n'atteint-elle que quelques pestiférées de mon acabit ou bien frappe-t-elle plus de femmes qu'on ne l'imagine ? Surtout, Charlotte qui me place si haut dans son estime, comme elle serait dévastée si elle se doutait que sa mère nourrit à son égard des sentiments parfois hostiles...

Si j'avais tout raté au moins, si j'étais au RMI et sous CMU, le naufrage, à ce moment-là, peut-être que mon désarroi attendrirait un mec et qu'il me collerait un môme par pitié ? En vérité, je n'appartiens pas au camp des loseuses, je mène joliment ma barque au contraire, l'éducation de Charlotte représente un éblouissant succès, ma réussite professionnelle attise autour de moi trop de jalousies pour qu'on ne la qualifie pas de triomphe, dans Google images j'apparais plusieurs fois au côté de l'architecte d'intérieur Lucas Marchery à l'anniversaire des dix ans de l'agence avec ma robe verte qui me va *trop* bien, en plus, objectivement, même si la photo est retouchée, pour le coup Erwan a raison : je fais pas quarante ans. Peut-être parce qu'en 2006, justement, je n'avais pas quarante ans, du coup mes échecs à répétition deviennent *inexplicables* pendant que tellement d'emmerdeuses moches et cruelles se dégotent un mari !

Pourquoi j'ai toujours l'impression lors des céphalées postalcoolisation abusive qu'on me racle l'intérieur de la boîte crânienne avec une truelle ? J'encaisse moins bien, les lendemains de fête tournent au cauchemar, c'est là le signe que je vieillis, qu'il faut vraiment que je me dépêche d'avoir mon deuxième. Finalement la nature rythme les cycles à merveille, la ménopause intervient vers cinquante-deux ans parce qu'après une femme ne possède plus les ressources pour élever ni porter un enfant sans compter les risques d'anomalies fœtales qui augmentent avec l'âge. Déjà, si je tombais enceinte séance tenante par l'opération du Saint-Esprit, j'imagine l'épreuve si le bébé vivait des premiers mois chaotiques, comme c'est arrivé à tant de mes copines, Louis le fils d'Armelle pendant *une année* il n'a pas fait ses nuits, elle avait seulement trente-six ans pourtant, eh ben à la fin, on aurait dit Michael Jackson dans le clip de « Thriller », tellement ses yeux s'enfonçaient dans ses orbites à cause des cernes qui lui mangeaient la face jusqu'à la moitié des pommettes. Alors moi, j'aurai au mieux quarante-trois ans, et là, là, douze mois en dormant trois ou quatre heures par nuit, je m'en relèverais pas.

Il n'y a presque plus aucune solution.

Parce que la Belgique comme Florence, je passe mon tour.

Congélateur, pipette et cathéter, pour certaines là réside peut-être le salut, mais moi non merci.

De toute façon, ils sélectionnent, je le sais, ils choisissent des couples stériles, des lesbiennes ou des jeunes célibataires qui ont *un vrai projet de parentalité*, pas des vieilles comme moi dont la non-maternité subie prouverait qu'on traîne soi-disant des nœuds pas démêlés dans notre vie intime, non mais ils se prennent pour qui ces pseudo-experts, là, à évaluer l'aptitude de telle ou telle à assumer ses responsabilités maternelles, en fonction de critères pour le moins, on va dire… sujets à caution ?

Toi, tu auras un enfant, toi tu n'en auras pas ?

Pratiques discriminatoires, voilà.

Les attaquer devant la Cour européenne des droits de l'homme ?

Alors n'importe quel dégénéré peut procéder à une insémination par les voies naturelles sur une pétasse sous acide un samedi soir de bringue et moi, moi, Nathalie Dumont, médecin reconnu par ses pairs, propriétaire d'un quatre-vingt-quinze mètres carrés rue Sedaine remboursé euro après franc, à la sueur de mon front sur le tonomètre, cent soixante-douze pour cent de plus-value d'après l'estimation de l'agent immobilier du boulevard Richard-Lenoir, amie personnelle de Lucas Marchery au point qu'il m'a invitée à son mariage avec l'ancien mannequin Soizic André qui, à trente ans, pour éteindre sa jalousie envers les bombes ukrainiennes de dix-huit piges qui la consumait à feu doux, a préféré se ranger des voitures et cesser les *shootings*, on m'interdirait, moi, si je le désirais, de recevoir les gamètes décongelés d'un donneur ?

Injuste.

Y a pas d'autre mot, c'est injuste.

Une bouffée de chaleur a parcouru mon corps qui s'est couvert de sueur, mon cœur s'est emballé, à force de flipper, un jour, je vais claquer d'un infarctus sans jamais avoir eu le deuxième. Surtout que Louis est adorable maintenant, il a six ans, c'est une crème de môme, curieux de tout, bien élevé, beau comme un cœur, et pour Armelle les trois cent soixante-cinq nuits sans sommeil sont à peine un mauvais souvenir.

Du coup, je me suis calmée.

Je me souviens de tout hier, je me suis correctement comportée, contrairement à Sibylle qui s'est affalée sur le livre d'or au moment où je le signais si bien que j'ai tracé un grand trait de stylo en travers de la page quoique *a posteriori* la polémique avec Erwan concernant la burqa m'apparaît superflue, à la fin je répliquais juste pour avoir le dernier mot parce que je lui en voulais encore de m'avoir balancé gratuitement que j'étais « sexy », le matin devant la mairie. Erwan prétendait qu'on se trompe lourdement, en voyant dans le voile intégral un symbole de la soumission des femmes. La preuve : beaucoup d'entre elles le portent sans y être forcées par quiconque. Des adolescentes se brouillent même avec leur mère qui ne supporte pas de les voir derrière ce grillage. Lui interprétait cette mise en retrait comme la manifestation d'un refus radical de la « sécularisation terrifiante » à l'œuvre en Occident.

« Personnellement, je ne les considère pas comme des ennemies exogènes, des juments de Troie talibanesques entrées par effraction et ruse dans la place. Non, elles sortent de notre monde, c'est nous qui les avons créées. Elles se retranchent de notre civilisation comme elles tireraient le signal d'alarme d'un de nos TGV dont les records de vitesse n'ont plus d'autre fonction que d'accélérer notre course démente vers l'abîme. L'explication féministe rassure tout le monde parce qu'elle obéit à des schémas connus, mais elle n'est pas opératoire en la circonstance. »

Il m'énervait tellement à pontifier que j'ai sorti superfort pour lui clouer le bec devant tout le monde : « TU MÉLANGES TOUT, ERWAN. »

Je l'ai vexé, parce qu'il a conclu aussitôt la conversation, preuve qu'il n'est pas aussi sûr de lui qu'il en a l'air. Je n'étais pas mécontente, il avait bien mérité que je lui rende la monnaie de sa pièce pour m'avoir attaquée gratuitement le matin devant la mairie en affirmant que j'étais sexy.

Honnêtement « sécularisation » je ne connais pas exactement la définition.

De toute façon, la burqa ne figure pas au nombre de mes préoccupations majeures quand on sait que d'ici cinq ans voire moins, je ne pourrai plus avoir de bébé. Alors à quoi bon vivre, si le destin me réserve le sort de dessécher comme une fleur sans enfanter à nouveau ? Je ne prétends pas que celles qui n'ont pas d'enfants sont des fleurs fanées, autour de moi je peux citer vingt noms de femmes qui s'épanouissent en dehors de la maternité, simplement moi si je n'ai pas mon deuxième, je peux examiner la question sous toutes les coutures, je dois admettre que ma vie perdrait son sens, c'est clair, ça, au moins ? La paix prospère peut régner, je n'en profiterai pas, et le soleil briller, je n'en sentirai plus les rayons quand je dis vingt, j'en rajoute.

Mettons deux.

D'abord quelle importance la burqa, du moment qu'on n'interdit pas aux homos de défiler pour la *gay pride*, ou aux bimbos de porter leur jupe ras la touffe ou aux cathos de prier le dimanche à la messe ? Le seul truc qui me dégoûte, c'est que la grille se referme encore et toujours sur les femmes. Les hommes aussi devraient se trimbaler sous la cage. Pourtant, quand ils m'ont raccompagnée, Fanny et lui, Erwan s'est montré aussi amical que d'habitude, et là j'ai appris qu'il avait descendu en tout et pour tout deux coupes dans sa soirée, délirante abstinence qu'il a justifiée par un ferme : « Je bois très peu quand je conduis », d'un ton qui décourageait les commentaires.

— Je suis vraiment heureux pour Lucas qu'il ait franchi cette étape capitale de sa vie.

Il a posé sa main sur la cuisse de Fanny.

— Ma chérie, si à l'époque où on s'est mariés la loi ajoutant le mot « respect » aux trois autres avait déjà été votée, je crois qu'on vivrait encore en concubinage. Tant qu'un député ne m'aura pas défini juridiquement ce terme, je ne vois pas comment je pourrais m'astreindre à un tel engagement. Tu crois que la mesure est rétroactive ?

— J'en sais rien…

— Sinon on sera peut-être obligés de divorcer, la prochaine fois qu'on s'engueule ?

— T'es bête…

— Ouh là ! Attention, je crois que tu viens de me manquer de respect !

J'ai refermé les yeux, serré le traversin en hoquetant, ô une peau contre ma peau, la chaleur protectrice des bras d'un homme, une respiration, des ronflements même, tant pis, une bonne excuse pour aller terminer ma nuit dans le lit de Charlotte, n'importe quoi sauf ce supplice de la solitude au réveil, maintenant la plaisanterie a suffisamment duré. Je ne suis même pas dépressive puisque je ne vois plus Le Fort depuis trois ans, je pars travailler chaque matin sans la béquille d'aucune substance psychoactive, si j'en crois mes observations l'exploit n'est pas donné à tout le monde, beaucoup ne disposent pas de ces ressources intérieures-là, et je ne parle pas des SDF qui jonchent tellement nombreux les trottoirs qu'on les distingue à peine des ordures au milieu de leurs cartons, hormis qu'on ne sait jamais dans quel bac il faudrait les jeter pour le recyclage, le vert ou le jaune, mais rien que dans mon entourage pas mal de personnes ne tiendraient pas le coup sans les calmants ou l'alcool ou la dope. Un jour, les boueux vont en balancer un par mégarde à la benne.

Qui s'apercevrait qu'il en manque un ?

Bon sang, mais pourquoi je ne lui ai pas filé un coup de genou dans les valseuses en guise de cadeau d'adieu, histoire qu'il passe pour la dernière fois ma porte en se tordant de douleur ?

« Nathalie, j'espère qu'avec le temps la rancœur s'estompera et qu'on gardera le meilleur. »

Mais oui, bien sûr, mon cher Alain, rassure-toi, il restera les bons moments, je te souhaite bon vent et surtout sois maudit, toi, ta pouffe et toute ta famille, que des calamités s'abattent sur vous pendant vingt générations.

Taré, va.

Raté !

C'est un ou une anagramme, j'oublie toujours.

Cinq ans…

Cinq ans de gaspillés avec un tocard sans grossesse à l'arrivée… Parfois quand je réfléchis trop, je me dis, j'aurais dû le garder. Basta, on n'en parlait plus, j'étais débarrassée, de toute manière ils n'avaient aucun recours. Sachant que la nausée ne me laisserait pas longtemps de répit, j'ai profité d'une accalmie pour tituber jusqu'à l'armoire à pharmacie et crever deux opercules sur la plaquette à Dolly Prane pendant que Bétaïne moussait déjà contre les parois du verre à dents, seulement après une volte-face, aïe, aïe, aïe, je suis tombée nez à nez dans le miroir de la salle de bains sur le spectacle apocalyptique d'une quadra pas démaquillée, un lendemain de nouba.

« Je prends cher, en ce moment. »

Dans le jargon de Sibylle, « Je prends cher » signifie qu'à force de me marteler de gnons, le quotidien m'arrange méchamment le portrait malgré ma crème de jour Lancôme anti-âge Rénergie Morpholift R.A.R.E.™ à quatre-vingt-dix euros le pot. J'ai repoussé le plus longtemps possible la divulgation de ma ruine intérieure, mais les tabassages s'enchaînent à présent sur un rythme trop intensif pour me laisser le temps de récupérer, désormais chaque déception douloureuse se paye au matin d'une surprenante cloque sous les yeux, chaque accès bilieux d'une boursouflure inattendue des paupières, chaque panique nocturne d'un enfoncement imprévu des pommettes. Même si on évitera pour ne pas assombrir le tableau de mentionner le ramollissement des joues et la crevasse au milieu du front, à cette cadence-là dans deux ans on ne distinguera plus sous ce faciès difforme la femme fringante que fut Nathalie Dumont à la quarantaine.

Pour me régler mon compte une fois pour toutes, et bien me déchirer jusqu'au tréfonds, d'un pas décidé je me suis dirigée vers le débarras que d'habitude j'évite dans mes phases de vulnérabilité et après cinq minutes d'exploration j'ai retiré du foutoir indescriptible ce vieux sac plastique où sont fourrées les photos de Charlotte dont le classement dans les albums est reporté *sine die* depuis des lustres. Une fois de nouveau alitée, j'ai pioché au hasard une enveloppe cartonnée dont quelques négatifs se sont échappés.

La date n'était pas précisée, au verso de cette série.

Je reçois le même choc, chaque fois que je me revois avec les cheveux longs. J'aurais peut-être suscité les ardeurs d'un père hypothétique si j'avais moins tardé à passer par la case « visagiste » parce qu'avoir gardé jusqu'en mai 2000 mon lissé frangé façon Françoise Hardy période « Tous les garçons et les filles » frôle le suicide social.

Quel âge avait Charlotte, huit ou neuf ans ?

Forcément moins de dix, en tout cas, puisque Gilles figurait encore sur les photos. Je me rappelais bien les lieux mais en cas d'interrogatoire de police, j'aurais été bien incapable d'indiquer avec certitude s'il s'agissait de la maison de Trousse-Chemise, l'année où nous avions loué à Ré, ou de celle du Ferret. Est-il donc possible que le temps efface ainsi tout, même les souvenirs radieux ?

Charlotte porte son survêtement mauve et ses tennis blanches, sur le premier cliché. Dans un manège de fête foraine, elle agrippe la chaîne qui relie le siège où elle est assise à une de ces poulies dont la vitesse augmente à mesure qu'elles glissent le long d'un filin d'acier. Elle occupe le centre de la photo mais nous tourne le dos, le regard fixé vers son point d'arrivée. L'énergie cinétique l'éloignant de nous, elle disparaîtra bientôt du cadre comme elle a quitté ma maison, mon bébé aujourd'hui scandaleusement âgée de vingt-deux ans.

J'ai admiré son profil, sur la photographie suivante. Elle et Gilles, craquant avec cette barbe de truand qu'il négligeait de raser à chaque vacances, jouent à « Je te tiens, tu me tiens par la barbichette ». Charlotte a perdu, mais alors, à plate couture, parce qu'à l'instant où l'obturateur a laissé passer la lumière, elle éclate de rire, sa langue rose dépassant de ses dents écartées, et rejette la tête en arrière, sous le coup de la défaite. Son beau-père provisoire, quant à lui, peut-être avantagé par ses lunettes de soleil masquant son expression, conserve une impavidité de statue.

En découvrant le troisième cliché où Charlotte, cheveux en bataille et lèvres entrouvertes, donne le bain à ses poupées, avec devant les yeux ce voile de mélancolie qui brouille encore parfois son regard, et dont je n'arrive pas à déterminer si elle la partage métaphysiquement avec six milliards d'humains ou si mon instabilité affective en est la cause, la brusque évidence du caractère irrévocable de notre séparation a provoqué dans ma cage thoracique un élancement si aigu que j'en ai lâché les photographies, sonnée par la douleur. À tâtons, j'ai cherché mon téléphone sur ma table de nuit pour appeler mon ange à la rescousse, mais je me suis abstenue sinon j'allais la réveiller en pleine nuit, les pendules indiquant neuf heures de moins dans la Californie voleuse d'enfant. Alors, j'ai enfoui mon visage dans l'édredon et poursuivi la descente au fond du chagrin pendant plusieurs minutes au bout desquelles, enfin, les efforts ont payé, j'ai fondu en sanglots. Un quart d'heure plus tard, les larmes ayant mouillé la taie avec assez d'abondance pour essorer mon cœur gros, j'ai réussi à me rendormir jusqu'à midi et douze minutes, de sorte qu'après le coup de fouet d'une douche à jets multidirectionnels dans ma cabine balnéothérapie suivi d'un ravalement de façade devant le miroir de ma commode, un peu ragaillardie mais pas fière de ma matinée, j'ai rejoint Sibylle au Palais-Royal pour les vingt-sixièmes journées européennes du patrimoine.

III

« Il y a des êtres dont on fait la connaissance, et puis il en est d'autres qu'on rencontre et qu'on reconnaît. Ces derniers habitent en vous depuis toujours. »

Dimanche, en farfouillant dans le placard pour y dénicher les photos de Charlotte, j'étais tombée sur un vieux calepin dans lequel, n'aimant pas annoter mes livres ni en corner les pages, je recopiais jadis mes passages favoris, au fil de mes lectures. Comme je négligeais parfois de préciser mes sources, j'ignore d'où cette citation était extraite. Je n'aurais pas forcément éclairci le mystère en épluchant un à un les romans pourtant guère nombreux qui garnissent mes étagères car, à l'époque, je fréquentais assidûment les bibliothèques.

Avec quinze années de recul, je me demandais, attendrie, ce qui avait séduit la Nathalie d'alors dans ces quelques mots où perçait une croyance obscure en la prédestination, donc en une organisation surnaturelle de nos trajectoires terrestres, hypothèse que personne n'envisageait plus sérieusement en ce début de XXIe siècle, même avec la meilleure volonté du monde, et sans entretenir à l'encontre des religions une quelconque animosité. Et puis, ces lignes vaguement niaises, en opposition complète avec les réalités humaines, perpétuaient en filigrane la chimère si nuisible du prince Charmant, que nous avons toutes caressée, ne serait-ce que l'espace d'un égarement passager, la plus pragmatique d'entre nous y compris.

Depuis ma plus tendre enfance, j'avais toujours fui comme la peste ce grossier piège romantique, et pourtant ces deux phrases décrivaient si précisément la sensation qui m'a envahie, dès l'instant où j'ai franchi le seuil du vestibule, qu'elles ont jailli, intactes, à ma conscience, malgré ma mémoire souvent défaillante.

Par une coïncidence étrange, il regardait justement vers la porte et, comme il se tenait pile dans mon axe de vision, nos yeux se sont immédiatement trouvés. Quelque chose d'indéfinissable a circulé entre nous, qui relevait néanmoins de l'évidence, et s'apparentait à la consolation qu'apportent les retrouvailles avec un être cher, si longtemps différées qu'on n'en nourrissait même plus l'épuisant espoir. Un sourire flottait sur son visage, mais était-ce mon apparition qui l'égayait, ou bien une satisfaction intime précédait-elle cet enjouement ?

Le vernissage auquel Sibylle m'avait conviée se déroulait dans un trois pièces, situé sur la place Léon-Blum. Une fois par trimestre environ, les propriétaires, Fabienne et Fabrice, transbahutaient les meubles de leur salon vers la chambre, décrochaient leur décoration murale et baptisaient les lieux « La Fafactory » pour y exposer les productions de jeunes créateurs. Sibylle m'avait certifié qu'ils ne réclamaient pas la moindre commission sur les ventes. Ne voyant pas dès lors à quelle autre motivation ils auraient pu obéir, j'en concluais que le seul altruisme les animait. Les ronchons se plaignent que le fric a tout envahi probablement parce qu'il monopolise chacune de leurs pensées à eux ?

Irritée par les retards systématiques de Sibylle, j'ai attrapé un gobelet de plastique dans lequel je me suis servi du vin rouge, dans l'espoir que ses effets tempéreraient bientôt mon agoraphobie, alors que je me lançais dans l'inspection des œuvres accrochées aux cimaises par des tiges métalliques. Les tableaux représentaient des clichés monochromes de ruines urbaines, retouchés grâce à un logiciel de traitement d'image, puis imprimés sur la toile selon un procédé assez sophistiqué.

J'ignore où il avait disparu pendant ces cinq minutes, toujours est-il que, sans que je soupçonne sa présence à proximité, j'ai soudain entendu : « Vous aimez ? », accostage assez bateau mais, ma foi, pas plus maladroit qu'un autre. Je lui savais gré d'être allé à l'encontre de l'envahissante et fâcheuse tendance actuelle en ne me tutoyant pas d'emblée.

— Assez, oui, et vous ?

— Moi non, pas tellement.

Un tel franc-parler m'a surprise – plutôt agréablement, je dois dire, car il détonnait, dans cette ambiance policée propre aux mondanités, où le parfait savoir-vivre implique de ne planter les lames qu'à l'improviste, par-derrière et dans la pénombre.

— Ah bon, pourquoi ?

— Je sais pas… Ces toiles datent du mois de mars, j'étais jeune. Je ferai mieux la prochaine fois, j'espère.

Ma cervelle en cours d'obsolescence a ramé telle une version de Windows 3.11 sur un processeur antédiluvien pour installer la lourde mise à jour du système induite par ces révélations.

— Ah c'est vous le… le peintre.

Il s'est contenté d'acquiescer d'un hochement de tête, tout en m'observant, guilleret.

C'est idiot mais, en apprenant que cet ouvrage avait jailli des doigts fins de ce gamin, j'ai rougi. Comment se peut-il que le mythe de l'« artiste » fonctionne encore, alors qu'un Parisien sur deux âgé de moins de quarante ans se revendique désormais musicien, écrivain ou metteur en scène ?

— Je m'appelle Arno, avec un O, comme dans Hitler, le fameux aquarelliste. Arno Genic, très heureux.

J'ai serré la main qu'il me tendait.

— Nathalie Dumont, ravie.

Il a tiqué, m'a-t-il semblé.

— Hitler peignait des aquarelles ?

— Oui, exécrables, d'ailleurs. Thomas Mann a signé dès 1938 un article saisissant à ce propos : « *Bruder Hitler* ».

Il avait réussi le tour de force d'énoncer sans une ombre de pédanterie cette remarque d'érudition. J'ai senti, à nouveau, le sang affluer à mon visage. Allais-je longtemps régresser de la sorte vers l'adolescence ? Dans mon sac, mon portable a vibré pour m'avertir que j'avais reçu un SMS.

« dsolée Nath, j peux pas venir, antoine vient de me rencarder, j'ai trop envie de le voir, profite bien coquine ;) à très vite, bisouxxxx »

J'ai maudit Sibylle, de me planter au milieu de cette intimidante escouade de branchés où je ne distinguais pas un visage engageant. Elle venait d'acheter son iPhone quand elle m'avait lancé cette invitation pendant le déjeuner, mardi. Elle vote écolo, Sibylle, n'empêche que je l'ai rarement vue aussi transportée que ce jour-là. Elle culpabilisait, d'ailleurs : « Putain ça craint comme chui matérialiste, chui carrément accro à la conso, pourtant c'est des futilités ces gadgets, en plus on va foutre la planète en l'air si on continue tous à s'acheter des milliards de portables, je l'sais mais j'peux pas m'en détacher, y t'resterait pas des cigarettes ? Ah ouais c'est vrai, tu fumes pas, toi, moi c'est ouf comm'j'clope en c'moment, bientôt j'en serai à deux paquets. »

— Vous connaissez Fabienne et Fabrice ?

— En fait non, j'avais rendez-vous avec une amie commune mais elle vient d'annuler, ai-je dit en désignant, dépitée, mon téléphone d'un mouvement du menton.

— Ah… La perte de valeur de la parole en société posthistorique… Moi, y a deux semaines, une fille me textote : « On peut se voir la semaine prochaine si tu veux. » Je réponds : « Avec plaisir, mardi, mercredi ? » Depuis, pas de nouvelles ! Consternant.

La perte de valeur de la parole en société posthistorique.

Le Fort, mon psy comportementaliste, me le serinait : « Dissimuler son ignorance sur tel ou tel sujet est révélateur d'un manque d'estime de soi. Personne ne peut tout savoir. Si votre interlocuteur vous juge inférieure à lui lorsque vous le priez en toute simplicité de préciser sa pensée, passez votre chemin : sa réaction prouve qu'il n'est pas digne d'intérêt. » Peut-être, seulement quand l'individu qui étale sa science vous rend pas loin d'une vingtaine d'années, reconnaître son ignorance est une autre paire de manches, aussi ai-je résolu de ne pas épiloguer.

— C'est votre première fois à la Fafactory, alors ?

— Oui, je découvre. J'habite pas loin, c'était l'occasion…

— La lourde charge de vous donner envie de revenir pèse sur mes frêles épaules, si je comprends bien ?

— Écoutez, d'après ce que j'ai vu, c'est déjà mission accomplie.

Et nous nous souriions, en échangeant ces amabilités, remplis d'une mutuelle confiance spontanée, comme si une ancienne intimité, interrompue par trop de vicissitudes adverses, reprenait entre nous.

Qu'il me témoigne autant d'intérêt m'émouvait, moi qui me sentais si gauche et si mal adaptée parmi ces *beautiful people* des deux sexes. Au contraire, lui se comportait comme s'il jouissait d'un privilège en me comptant au nombre de ses visiteurs. Clairement, ma présence à son vernissage l'honorait, alors qu'il ne me connaissait ni d'Ève ni d'Adam. Je retirais de cette considération une gratification narcissique immense, dont j'inspirais avidement, au risque d'une hyperpnée, les larges et délectables bouffées d'oxygène, avant de retourner à ma noyade.

Malgré moi, j'évaluais son âge.

Vingt-trois ?

Vingt-quatre ?

Un signal intérieur m'avertissait de freiner l'élan qui m'entraînait vers ce garçon amène et talentueux, dont le regard et les propos trahissaient à la fois l'intelligence et la maturité. Par chance, rien ne me séduisait particulièrement, dans sa grande silhouette musclée mais trop sèche, aux épaules légèrement voûtées et au fessier pas assez rebondi à mon goût.

En revanche, son charmant visage irradiait.

Un coiffeur à cinquante euros la coupe avait rimbaldiennement ébouriffé sa tignasse brune.

Un rasage impeccable donnait envie de caresser ses joues lisses et potelées pour vérifier si la peau en était aussi douce qu'elle en avait l'air. Surtout, ses extraordinaires yeux bleu foncé me fascinaient. Parmi les milliers de prunelles auscultées en quinze années d'exercice, je ne me rappelais pas en avoir jamais observé d'aussi singulières.

Ses souliers en daim, éculés certes, fleuraient bon le bottier italien et sa veste en cuir noir décoloré par un entretien négligent avait dû, en son temps, coûter son prix. De même, sa chemise blanche cintrée ne provenait assurément pas du rayon textile d'Auchan, pas plus que le jean élimé dont elle dépassait.

« Nathalie, ne te fous pas dans des problèmes. Tu cherches un géniteur, ne te trompe pas de cible, ne gaspille pas ton temps avec un junior. »

Je ne voyais pas néanmoins d'inconvénient majeur à discuter avec lui. La vie perdrait tout intérêt si on ne se liait plus d'amitié avec les gens qui vous attirent. Nous avons encore badiné quelques minutes, puis quelqu'un l'a alpagué pour un motif professionnel. Il était question de l'achat d'une toile. Pour autant, il ne m'a pas congédiée, comme se le seraient autorisés pas mal d'âpres au gain, mais s'est excusé d'un courtois : « Vous permettez ? »

Je suis retournée au buffet où j'ai rechargé mon verre, avant de m'agglomérer au premier trio venu, composé de deux hommes et d'une femme aux mines pas trop hautaines.

— Moi, je sais que j'aurais jamais imaginé pas faire de mômes, disait l'un des types en passant sa main dans ses longs cheveux blonds pour les ramener vers l'arrière. Après, évidemment, faut trouver la femme avec qui t'as envie de les avoir…

Je perds peu à peu l'espoir qu'on parle d'autre chose que d'enfants, lors d'une réunion de trentenaires.

— Ouais, n'empêche que ton Gustave, tout à l'heure il t'a fait un gros popo par terre et que Manon, elle aurait bien aimé rester mais qu'elle a été obligée de rentrer le coucher.

— Ah bah oui, je te dis pas que ton quotidien change pas une fois que t'as un môme. C'est un engagement pour la vie, ça c'est sûr. Mais pour moi les contraintes comptent peu par rapport à la joie que j'en retire.

— Je regrette mais moi, mes enfants, j'aurais préféré les avoir à vingt ans. Maintenant, j'en ai trente-trois, je vais être crevée pendant dix ans, ça va être hyperdur de concilier boulot et maternité. Je vois bien les nanas, à l'agence, elles disent, OK, je pars au dernier moment, j'accouche, et dans dix semaines je suis de retour. Résultat, dix semaines plus tard, elles sont pas là et elles laissent tomber leurs dossiers. Moi, j'adore mon taf, et mes dossiers, j'ai aucune envie de les laisser tomber. En plus, un accouchement, c'est dégueulasse. J'en connais plein qui sont devenues tokophobes, après.

— C'est quoi tokophobe ? a demandé le blond.

— La hantise de la parturition, quand t'as trop souffert la première fois.

Cette précision a jeté un froid.

— En même temps, a-t-elle repris, je les comprends celles qui préfèrent s'occuper de leur bébé que d'revenir bosser. Je suis certaine que je ferais pareil. Quand ton petit est là, forcément, t'as envie de lui donner le plus que tu peux.

— Mais tu es avec quelqu'un, toi ? ai-je demandé, honteuse de mon indiscrétion.

— Oui, oui, je me suis mariée l'année dernière.

— Félicitations ! Et tu t'appelles ?

— Adélaïde. Tu vois le type là-bas, avec le foulard et la chemise bleu ciel, eh bah c'est lui mon mari. Je te le dis franchement : c'est une des personnes qui m'emmerdent le plus sur cette terre. Seulement je pèse le pour et le contre, entre ses qualités et ses défauts, je trouve davantage de positif que de négatif, donc je m'en contente. Les gens planent, aujourd'hui, ils s'imaginent qu'ils vont trouver l'individu parfait, beau, intelligent, drôle, le supercoup au plumard, toujours de bonne humeur. Alors que non, non, le mariage, c'est pas ça. Le mariage c'est aussi et surtout un acte de raison.

Le deuxième bonhomme m'intriguait par son mutisme. Il portait un costume gris clair à rayures tennis, coupé à ses mesures dans une étoffe d'une qualité tellement exceptionnelle qu'une sorte de halo le nimbait. D'une des poches de sa veste dépassait une cravate parme à pois blancs qu'il y avait négligemment fourrée. En baissant les yeux, j'ai aussi noté qu'il avait probablement lâché plus de cinq cents euros pour acquérir sa luxueuse paire de bottines marron.

— D'ailleurs tu sais, on évoque souvent la solitude des femmes, mais moi je rencontre de plus en plus de mecs célibataires qui voudraient bien se caser et avoir des enfants. Seulement, ils sont trop exigeants.

« Tu ne voudrais pas me les présenter, par hasard ? »

La question m'ébouillantait le palais, si bien que j'ai failli la cracher, tels des aliments trop chauds. Au prix d'une épique bataille intérieure, je me suis toutefois contenue, contrairement au dandy, qui a tonitrué :

— Faut admette à leur décharge que... la paternité s'transforme souvent en ch'min d'croix, en nos temps ténébreux.

La trivialité de son expression contrastait si crûment avec le soin qu'il apportait à sa mise qu'un silence consterné a ponctué sa déclaration. Seule Adélaïde ne s'est pas démontée.

— Pourquoi tu dis ça ?

— Bah écoute... T'es soumis à des traitements dégradants, des humiliations répétées qui t'font perdre le respect de toi-même, du genre donner l'biberon, changer les couches ou promener bébé dans une poche kangourou greffée au ventre, comme l'aut' blaireau là-bas.

Sans la moindre discrétion, il a montré du doigt un type en Camper et sous-pull bleu turquoise à la Philippe Katerine, qui provoquait autour de lui un attroupement d'admirateurs en exhibant son enfant, qu'il portait dans un châle à rayures multicolores noué contre son ventre.

— Haaan, ça se fait ap, d'afficher les gens comme ça ! a dit Adélaïde.

— Quoi, qu'est-ce que j'risque ? Y pourrait même pas s'défendre si jui collais un taquet.

Le nourrisson a poussé un vagissement strident.

— T'as entendu ? L'horreur, non ? Aucun homme mérite ça. Même Ben Laden y mérite pas ça ! Moi, perso, j'ai un pote qu'a été obligé de subir des séances d'haptonomie. J'ai pas trouvé la définition d'cette pratique barbare dans l'dico, mais d'après c'qu'y m'a raconté ça consiste à palper l'ventre de la femelle pleine approchant d'la gésine, dans le but d'établir des rapports privilégiés avec le fœtus. Une folie pure et simple, dont bien des hommes doivent sortir traumatisés en secret, sans aucun espoir de guérison puisqu'y s'feraient expulser à grands coups d'pied au cul du cabinet d'un psy s'y z'osaient épancher leur souffrance.

Il a posé sa main sur mon avant-bras.

— Esscuse-moi, t'es pas Nathalie Dumont ?

— Si, c'est moi.

— Bah t'sais quoi ?

— Non.

— J't'ai vue à la télé.

Là, il m'a sciée, parce que mon passage sur une chaîne câblée avait duré dix minutes à tout casser, six mois plus tôt.

— Dis donc, tu es physionomiste !

— Non, mais j'oublie jamais le visage d'une jolie femme.

Le salaud…

Il avait perçu mon point faible.

J'ignore si je me lasserai un jour du plaisir consécutif à la décharge d'endorphine sécrétée par mon hypophyse lorsqu'un mâle attrayant me flatte avec habileté.

— En plus, elle était hyperintéressante ton intervention, j'ai appris plein d'trucs grâce à toi.

— Merci.

— Bah de rien, de rien, c'est moi qui t'remercie. J'm'appelle Lionel, Lionel Ruszczyk, mais tu peux m'appeler Lio.

— Ravie.

— J'en r'viens toujours pas qu'on soigne la myopie au laser.

— Oui enfin… Il s'agit là d'une technique déjà ancienne…

— Ouais mais moi, t'sais, chui resté un môme, j'm'émerveille pour un rien.

— Cela dit, personnellement, je n'opère pas. Je dresse un bilan complet que je transmets au chirurgien.

— Ah ouais ?

Il a hoché la tête, apparemment désappointé par cette précision, puis a soudain vidé son gobelet, comme s'il s'apercevait seulement qu'un fond de mixture orangée y stagnait encore.

— Quand même... La force mentale qu'y doit falloir à un couillu pour pas dev'nir paranophrène après une séance d'haptonomie... Comment tu veux dans ces conditions qu'les jeunes Français y s'convertissent pas en masse à l'islam comme Anelka ou Ribéry, pour retrouver du sens ? Un semblant d'identité masculine, quoi, une branche où s'raccrocher... Moi, j'ai du pot chui marié ac'une Japonaise, è z'engendrent pas beaucoup les Japonaises, è préfèrent taffer que d'torcher leurs chiards. J'les comprends, note bien : chui pareil. J'bosse dans la finance, moi. Bah franchement j'préfère les salles de marché qu'les salles de travail. Rien qu'à voir les instruments de torture chui proche de la syncope, surtout les deux supports pour poser les jambes, là, direct j'ai des sueurs. Étant donné qu'maintenant t'es forcé d'assister à l'accouchement sans quoi tu passes pour un dixa, j'aime mieux pas planter la p'tite graine.

Je déchiffrais avec peine son charabia.

« Sans quoi tu passes pour un sadique », ai-je traduit en moi-même.

— Et pi v'là mainnant qu'è s'promènent en pleine rue avec des vêtements qui leur moulent le bidon, histoire qu'tout le monde profite bien de l'hideuse protubérance du nombril !

J'ai constaté que, comme lui, j'avais terminé mon verre.

Après un détour par le buffet où, pour affermir l'assurance qui me gagnait, je me suis resservie en côtes-du-rhône, j'ai repris mon tour de l'exposition, interrompu tout à l'heure par l'interpellation d'Arno Genic. Je suis trop béotienne en art contemporain pour déceler un talent en germe. Pourtant, en observant la toile, je m'apercevais que les lieux photographiés passaient peu à peu au second plan tandis que, dans un mouvement inverse, une âme se révélait, dont la profondeur vous aspirait à l'intérieur du cadre. À cette profondeur s'ajoutaient blessure et noblesse. Je suis passée au tableau suivant pour vérifier si j'y retrouvais, au-delà du motif, la même impression. En effet, elle subsistait.

J'ai enveloppé la salle d'un regard circulaire.

Bien sûr, la plupart des urbains hyperactifs réunis là se moquaient de cette exposition comme de l'an quarante, et n'avaient rallié la Fafactory que pour se divertir et pour croiser de nouvelles têtes en se grisant de syrah. Néanmoins, à l'instigation de ce regroupement, il y avait Arno Genic. Sans son acte créateur originel, ces gens auraient été disséminés à d'autres endroits de la ville.

Je ne parvenais plus, du coup, à m'empêcher de lui jeter des coups d'œil. Il les guettait d'ailleurs, et y répondait par un sourire.

Ses yeux bleu sombre aimantaient les miens.

Des êtres…

Qu'on rencontre et qu'on reconnaît.

Qui habitent en vous depuis toujours.

Il discutait à cette minute avec une superbe Eurasienne juchée sur de spectaculaires semelles compensées.

« Elle est mannequin, la meuf, une Franco-Cambodgienne », devait me préciser Sibylle le lendemain, lorsqu'elle m'appela pour s'excuser et incriminer Antoine et ses indécisions. « Jui demande pas de m'épouser, putain, j'réclame juste *le souffle du possible*, c'est quand même pas la lune, ça, si ? Y en a vraiment plus un seul dans Paname qui est d'accord pour tenter un truc, alors ? »

Tandis que je piochais quelques rondelles de saucisson parmi les victuailles dispersées sur le buffet, j'entendais pérorer le Polack, ravi qu'une Adélaïde éméchée, les joues rouges, se fatigue encore à le contredire, alors qu'il aurait suffi de ne plus souffler sur la braise pour qu'elle s'éteigne d'elle-même. Le troisième larron avait, quant à lui, jeté l'éponge et s'esclaffait près de la cheminée en trinquant avec un athlète velu chaussé d'Asics jaunes. Un sosie de John Lennon, vêtu d'un pantalon mauve maintenu par des bretelles à motifs écossais, les accompagnait.

— La société s'disloque, tout ça finira en carnage assurément. Au milieu des décomb' faut tâcher d'garder l'sourire, de jouir des minuscules plaisirs du quotidien, d'obéir à rien de c'qu'on nous présente comme l'avenir radieux, même si c'est pô toujours facile…

— Mais au fait tu connais qui toi, ici ? a demandé Adélaïde, tandis que je les rejoignais.

— Ah, personne ! J'connais personne. J'passais dans la rue, j'ai vu des keums qui clopaient par la fenêtre avec du monde autour. J'avais envie d'niquer, j'me suis dit, tiens, y a ptête moyen d'pécho.

— Ah bah au moins t'es direct, toi !

— Et pourquoi je l'serais pas, hein ? Tout l'monde a envie d'pécho dans un vernissage. Ça suffa comme ci l'hypocrisie, merde ! J'prône la transparence, moi !

Je ne sais pas pour les autres, mais pour ma part, je le confesse volontiers : un mec qui annonce aussi directement la couleur me donne envie de l'essayer.

— Bah désolée, moi par exemple j'ai pas envie d'pécho, a dit Adélaïde.

— Ouais mais toi t'es heureuse en ménage, c'est pas pareil. Moi aussi chui heureux en ménage, tu m'diras. Avec ma femme, on s'est acheté une bicoque dans l'Sussex. È reste toute seule la semaine, è vit r'tirée du monde, que moi j'ai b'soin du tumulte urbain, rapport à ma libido hypertrophiée. Sla dit, j'passe jamais un week-end sans mon épouse. On a trouvé not'équilibre cahin-caha, on s'engueule jamais, c'est bizarre. Si ça s'trouve on finira nos jours là-bas. Des fois quand j'réfléchis, c'qui m'arrive pas souvent j'dois reconnaître, obnubilé que chui par mon poireau, je m'dis que chui prédestiné : j'peux pas mourir ailleurs que dans le Suce-Sexe.

Soudain, ma présence en ces lieux a perdu tout sens, la nécessité impérieuse de décamper s'est imposée. Lionel m'a suivie, alors que je me dirigeais vers une poubelle pour y jeter mon gobelet. Il s'est arrangé pour m'isoler, en tournant le dos à l'assistance.

— Tu t'casses ? a-t-il murmuré.

— Oui, je vais y aller, oui.

— Ça t'dit de v'nir boire un verre dans ma maison ? Chui à dix minutes, canal Saint-Martin.

Je comptais, en jaugeant ses épaules musclées et la bosse qui gonflait sa braguette, depuis combien de semaines j'avais cessé toute activité sexuelle.

Trop, beaucoup trop.

D'autant qu'Alain, sous ses dehors de centaure, ne produisait guère d'étincelles, une fois à l'horizontale. Ces derniers mois, il bandait même carrément mou, probablement éreinté par des ébats que je n'aurais jamais le privilège de nommer « extraconjugaux », M. Connard n'ayant jamais manifesté l'envie de m'épouser.

J'ai compris que les trois verres de rouge m'étaient montés à la *cabessa* quand j'ai songé, une fois achevé l'examen morphologique du *trader* :

« Comme dit le fameux proverbe chinois : "Mieux vaut un excentrique qu'un ex sans trique." »

Aucun engagement, aucune conséquence : juste me faire enlever les toiles d'araignée et on n'en parle plus. C'est Steph qui prétend que « ça fait jamais de mal, de se faire enlever les toiles d'araignée ». Tout me répugne, dans sa formule : la grossièreté qui le dispute à la vulgarité, la référence à ces effrayantes bestioles velues qu'on découvre sur sa table de nuit au moment d'éteindre la lampe de chevet dans les maisons de location estivale. Pourquoi, dès lors, cette expression me monte-t-elle chaque fois spontanément à l'esprit ?

— Ça peut se faire, oui..., ai-je répondu en haussant les épaules.

— Cooool !

Il a dégainé son BlackBerry.

— Attends, j'appelle une voiture.

Par politesse, mais aussi par une sorte de fidélité au pacte insolite qui s'était noué entre nous, je n'imaginais pas quitter l'endroit sans saluer Arno Genic.

— Oh, vous partez déjà ?

— Oui, je suis un peu fatiguée.

Il a toisé Lionel avant de poser sur moi un regard scrutateur, qui s'est conclu par une mimique amusée.

— Ah ! Alors si vous êtes un peu fatiguée...

Sans le côtes-du-rhône, j'aurais rougi une troisième fois, devant ce curieux impertinent. Lorsqu'il a écarté un pan de sa veste usée, j'y ai distingué le logo Armani, cousu sur la doublure. Il a plongé la main dans sa poche intérieure et m'a tendu la carte du « Bar Bouillage ».

— Je travaille là, du lundi au vendredi, entre onze et quinze. Ça me ferait plaisir si vous passiez me voir.

Lionel s'est approché de son cadet.

— Continue, grand, è déchirent tes toiles. Tu vas cartonner, je l'sens.

— Merci, c'est gentil.

L'autre a éclaté de rire.

— Tu seras bien l'premier à m'trouver gentil !

Il lui a flanqué une bourrade chaleureuse.

— Allez, à très vite, garçon.

Il m'a devancée vers la porte.

*

— C'est ça qu'est cruel, dans la vie moderne : on peut pas ête en mêm'temps un papa modèle et honorer correctement sa femme. C'est in-com-pa-tib' ! J'me tue à l'expliquer à mes potes mais tous y s'opiniâtrent dans leur tragique erreur. Y a deux ans, j'ai vécu une expérience intense avec ma voisine d'en d'ssous, une énarque. Un peu dodue, nichons felliniens, une sensualité animale, gigantesque, inexplorée ! Son mari chai pu dans quoi y bosse mais c'est un scientifique. Une pointure, gros poste au CNRS, j'crois bien. Ça f'zait des semaines qu'è m'saluait avec insistance quand hon s'croisait dans les escaliers. D'entendre les meufs monter au fade chez ouam, ça d'vait la chauffer, à force.

Avions-nous passé minuit ?

J'évaluais mal le temps qu'avaient duré nos ébats.

J'avais la flemme de seulement lever le bras pour vérifier l'heure à ma montre, car le joint que nous avions fumé en contemplant les toits de Paris, accoudés à la fenêtre, m'avait laissée encore plus flagada que la séance de jambes en l'air. Le type assurait indiscutablement au pieu mais variait si mécaniquement les positions qu'au bout d'un moment, j'avais un peu eu le sentiment de participer au tournage d'un film pornographique. Je priais, pendant la levrette, pour qu'il ne me colle pas une claque sonore sur les fesses, dans le but de couronner sa prestation roccosiffredienne. D'une ferme tape, j'avais d'ailleurs dû, quelques minutes auparavant, lui interdire de forcer un passage réservé à de plus anciennes intimités.

Il me fallait bien reconnaître que, à cause probablement de la néfaste influence judéo-chrétienne, je ne me satisfaisais plus guère d'une sexualité qui se cantonnait à un pur assouvissement des sens, n'impliquant pas entre les partenaires la plus légère esquisse d'une communion d'âmes.

— Un soir en bas d'l'immeub', è m'alpague pour chai pu quel souci de copropriété, ah j'sentais son corps qui m'appelait, terrible, à ce moment-là, ping, le mari s'pointe ! Y rev'nait d'chercher le p'tit à la crèche et s'maniait pour pas louper l'aîné à la sortie de l'école. Y trottinait sur l'trottoir, hagard, propulsant la poussette Maclaren à bonne allure, exactement comme s'il était une femme. L'regard de détresse qu'y m'a lancé à c'moment-là, bah… tu vois… j'l'oublierai jamais. Y s'est produit entre nous un moment de fraternité magnifique, j'ai perçu l'infinie souffrance que c'était pour c'gars-là d'exister sans ses testicules, et c'est pile à cette minute que j'ai compris qu'j'allais bientôt baiser sa femme, vu qu'une épouse peut décemment plus éprouver une once de désir pour un type qui s'avilit sciemment jusqu'à un tel degré de déchéance. Ç'a pas loupé, la semaine suivante, un soir qu'il était barré en province, elle est v'nue sonner chez moi sous un prétexte ultrafallacieux, du genre les plombs qu'avaient sauté ou équivalent, alors moi pas chien chui descendu et généreusement j'l'ai limée pendant qu'à côté dormaient les mouflets, chastes sur l'humble lit. On la sentait vraiment très très *très* en demande. Un moment, j'ai flippé qu'è les réveille, ses bouts d'chou, tellement qu'è criait fort.

Quel ahuri, ce mec !

Communion d'âmes ?

Communion d'ânes, oui.

J'ignore où il se fournissait mais sa beu m'avait littéralement « mise en vrac », pour employer une expression de Charlotte qui, ma foi, illustrait bien l'état présent de mon cerveau.

— Évidemment un gars comme moi, avèqueu l'sens des valeurs et tout, ça m'a choqué tant d'dépravation sur la couche matrimoniale. C'est pour ainsi dire bourrelé d'remords que j'l'enfilais. C'est capital, pour moi, la famille. Sacré, presque ! Cette cochonne, à mon avis, è voulait s'venger après des années de coïts bâclés… D'allieurs ils ont divorcé quelques mois plus tard, ces idiots… Un dénouement tragique, si tu veux mon avis, comme il s'en produit beaucoup trop chaque année en France, laissant des enfants traumatisés, affreusement !

Se foutre encore dans des états pareils...

À quarante-deux ans !

— Elle a entamé une analyse après, lacanienne ou freudienne, je m'en rappelle pu, pour désapprendre intellectuellement c'qu'è savait d'instinct, à savoir qu'y lui manquait rien d'autre pour s'épanouir que d'suivre la cure analienne du professeur Ruszczyk, draconienne et gratuite, à raison d'un bon coup d'piston dans l'fion trois fois par semaine ! À quoi ça tient, une destinée, hein... Si c'brave homme avait eu le réflexe de survie élémentaire d'pas tremper ses mains dans l'caca des marmots ni d'filer la tétine à ces p'tits légumes qui savent que chier et roter... La preuve que tout ça c'est dégoûtant, c'est qu'les femmes qu'ont les moyens ont recours pour se débarrasser de c't'abominab' corvée à la main-d'œuvre immigrée qu'on désigne dans ce domaine précis de l'activité économique par le puéril euphémismeu d'*nounou*.

La fréquentation trop prolongée du malheur, ces derniers mois, avait aboli mon discernement à un point tel que je n'avais même pas pressenti la nocivité patente de ce butor.

— Va t'balader dans les beaux quartiers, tu verras. Y a plus qu'des Reunois pour s'occuper d'la marmaille. Faut dire qu'y sont dev'nus tellement pénib', les moutards, à force qu'on les considère comme le centre du monde... On va dev'nir quoi, quand la terre sera peuplée par huit milliards d'égoïstes qui désirent tous la même chose ?

Inutile de se voiler la face.

Il convenait d'appeler un chat un chat.

Naufrage.

Même en me témoignant la plus grande indulgence, je ne voyais pas d'autre mot pour qualifier ma vie.

— En même temps, j'pouvais pas la laisser dans c't'état la malheureuse. Sinon c'était un coup à comparaît'au tribunal international pour non-assistance à foufoune en danger, tu vois c'que j'veux dire ?

— Non, je ne vois pas, non. Qu'est-ce que tu veux que ça me foute, tes histoires de cul avec ta voisine ? T'es toujours aussi mufle après l'amour ?

J'étais fière, d'avoir aligné sans bafouiller ces trois phrases. Au moment où je m'étais lancée, je n'aurais pas misé un kopeck sur mes chances de toucher au but.

— Roooh, comment tu dis, mufle ? C'est joli, ça ! M'enfin quand tu parles d'amour, j'm'esscuse mais tu passes les bornes. Chui marié, moi, j'te rappelle. J'ai des principes ! Et l'sens du d'voir, chevillé au corps ! C'est quand même pas passqu'on a un peu mélangé nos poils qu'on va s'échanger des tendresses, hein ! Tu croyais quoi, que l'sexe est bon pour la santé ? Qu'ça sert à évacuer le stress après une rude journée au taf pour lutter contre les maladies cardio-vasculaires ? Mais t'as trop lu les magazines, poupée !

Je me suis levée, regrettant d'avoir dispersé mes vêtements au petit bonheur la chance durant le fougueux corps à corps préliminaire. Que ce crétin me voie nue m'indisposait, à présent.

— Bah t'es fâchée, tu t'rhabilles ? Tu la veux pas, ton extraballe ?

Il a désigné sa longue verge, de nouveau dressée, qui soulevait le drap, tel le piquet d'une tente canadienne.

— 'gade, j'me crois sous le plus grand chapiteau du monde !

— Tu sais, la haine de l'enfantement trahit souvent une latence bipolaire, ai-je répondu un peu à côté de la plaque, troublée malgré moi par cette vigueur. Tu devrais consulter, ça t'aiderait à sortir du labyrinthe.

— Ah bah ça y est, voilà… La vorace ironie mainnant ! Tu veux m'briser l'cœur ou quoi ? Tu crois qu'j'ai besoin de m'remettre en question, au moment où j'escompte tirer des bonus mirobolants d'un krach boursier planétaire sans précédent ?

— Va te faire foutre, connard !

— Heeey, y s'passe quoi là ? Détends-toi poulette ! Chtai pas forcée à m'suivre, hein. Simplement… aujourd'hui… bah… les femmes sont plus libres, mais moins protégées. C'est sainte Simone Veil qui l'a essprimé en ces termes.

— Mais ferme-la, merdeux.

— Ah c'est gracieux, j'te jure… J'te prierai d'éviter les injures, j'ai l'tympan délicat, tu vas m'filer une otite. Bon, j'te raccompagne pas, beauté, tu connais l'chemin, j'ai sommeil mainnant, je vais m'endormir comme un bébé. Y répétait ça tout l'temps Guy Marchand dans *Je vais craquer*.

Il a croisé les doigts de ses deux mains sur sa nuque.

— Par contre, désolé, mais j'te file pas mon numéro, hein ? J'ai pas confiance aux femmes qui s'allongent dès l'premier soir.

Heureusement, j'avais gardé mes bas, pendant l'étreinte.

— *Ouohouo, ma jolie Natha, tu m'as donné ton cooorps*, chantait-il, tandis que j'enfilais mes bottes, conservant péniblement mon équilibre rendu aléatoire par les substances illicites. *Ouohouo, pauvre Naaatha, merci, oui merci pour ton effooort !* Paroles de Philippe Labro, on l'oublie trop souvent ! J'kiffe Jauny Hallyday, pas toi ?

Dehors, il régnait une douceur charmeuse. Soizic et Lucas avaient joué de malchance, car Météo France annonçait un temps radieux pour ce week-end.

Enfin…

Mariage pluvieux, mariage heureux.

La brise tiède qui balayait le canal m'a requinquée.

Ou requadrée ?

Requadrer, verbe transitif : requinquer une quadra.

Ou recadrer une quinqua ?

À vérifier.

N'importe quoi, Nathalie.

Vraiment *n'imp*…

Terminé, la fumette.

Plus-ja-mais !

Dans le taxi, pour me distraire du dégoût qu'à cet instant mon corps m'inspirait, j'ai consulté mon portable, que j'avais réglé en mode silencieux pendant la séance d'époussetage des toiles d'araignée.

Je n'avais aucun nouveau message.

IV

Alice, ma secrétaire, a reçu pour consigne expresse de n'accepter aucun rendez-vous au cabinet, entre quatorze et quinze.

Jamais.

Non, entre quatorze et quinze, qu'il vente, qu'il pleuve ou qu'il neige, que la fertilité masculine ait diminué de moitié en cinq décennies, que le krach boursier d'août 2008 ait occasionné sur mon plan d'épargne en actions des moins-values latentes frôlant les quarante pour cent, que le contexte mondial de pandémie grippale, en permanente évolution, menace de décimer l'humanité dans les prochains mois, entre quatorze et quinze, je déjeune.

Au moment où j'arrive, la moitié des clients décampe, tandis que l'autre commande son café. J'apprécie cet apaisement qui succède au coup de feu.

J'avais opté pour le Bar Bouillage aujourd'hui, plus d'ailleurs pour ne pas m'encroûter, à quarante-deux ans, dans une routine de mémère en fréquentant sempiternellement les mêmes cantines, que pour saluer Arno Genic. Son invitation tombait à pic car je m'étais promis d'essayer ce bistrot dès qu'il avait rouvert, début septembre, après un changement de propriétaire puis trois semaines de travaux.

Il astiquait le zinc lorsque je suis entrée.

— Tiens ! s'est-il exclamé comme j'avançais dans sa direction. *Madame* Nathalie Dumont, *herself* ! Bienvenue dans notre modeste auberge !

— Merci.

— Comment allez-vous, depuis vendredi ?

— Écoutez, je vais pas mal, et vous ?

— Ça va, ça va…

Ses cernes violets, son teint pâlot, démentaient cependant ses propos.

— Le vernissage s'est bien terminé ?

— Très bien, très bien… C'est gentil de passer. Vous vouliez manger ?

— Effectivement. J'ai faim !

Il a désigné une table vacante près du radiateur.

— Je vous installe ici ?

— Non, je déjeune toujours debout, ça me délasse.

— Parfait, parfait. Qu'est-ce qui vous ferait plaisir ?

J'ai détaillé le menu du jour, inscrit à la craie sur une ardoise pendue à un clou, derrière le comptoir, par de la ficelle grossière. Au détriment de l'ennuyeux dos de saumon au riz basmati ou de l'éternel faux-filet grillé, un appétissant petit salé aux lentilles a emporté mon adhésion.

— Excellent choix ! C'est bourré de fer, les lentilles, recommandé pour le moral, en ce début d'automne. On boira un peu de vin, avec ça ?

— J'hésite, ce ne serait pas raisonnable…

— Pourquoi ? Je croyais que c'était bénéfique pour le cœur, un verre de vin par jour.

— Hélas non, jeune homme ! Même pas… L'INC a publié une brochure stipulant que l'alcool augmente les risques de cancer, même à faibles doses.

— Ah bon ? Et qu'es-aco, l'INC ?

— Institut national du cancer. Remarquez, il m'en faudra plus pour me rendre abstinente. Qu'est-ce que vous me conseillez, en rouge ?

— On a un buzet qui est… pas mal.

Après quelques secondes, il s'est ravisé puis penché vers moi pour murmurer, en appuyant son propos d'un sourire espiègle :

— Je devrais pas vous le dire mais… en fait, j'y connais que dalle en vin. En cuisine non plus, d'ailleurs. Je bosse ici pour payer mon loyer.

— Eh bien dans ce cas, jeune homme, pour vous remercier de votre franchise, je vais goûter votre château-la-pompe.

— Ça marche ! Par contre si vous voulez vraiment m'appeler, appelez-moi Arno, plutôt que jeune homme.

Et alors on se serait cru – volutes de Gitanes en moins – dans un de ces Sautet « première période » que je regardais le dimanche soir, au début des années quatre-vingt, anxieuse du devoir surveillé de géographie que Mme Lambolley nous avait concocté pour le lendemain, quand, approchant son visage du passe-plat, Arno a crié en direction des cuisines : « Un p'tit salé, un ! »

Il a ensuite sorti du réfrigérateur une carafe d'eau qu'il a posée devant moi sur un napperon jetable, à côté d'un ballon et de couverts enroulés dans une serviette en papier.

— J'ai un copain, chaque fois que je lui propose de l'eau, il prend son air inquiet et il répond : « Pourquoi, j'ai l'air malade ? » Il ne boit que des vins naturels, lui. Je veux dire qu'il ne boit jamais rien d'autre, à part son café le matin. Il vous videra facilement trois bouteilles de vin naturel, mais jamais vous le verrez avaler un seul verre de pinard contenant des sulfites. Il prétend qu'ils lui filent la migraine dans la demi-heure. Un artisan de l'ivresse, un esthète de la soûlographie. Après un dîner en sa compagnie, les réveils sont parfois… *compliqués*, comme il dit.

— Oui ? Justement, je vous trouve une petite mine, Arno. Je parie que vous menez une vie de patachon.

« Une vie de patachon »…

La tournure qui, d'emblée, trahit sa quadra. À un moment, j'ai même craint qu'il ne m'ait pas comprise.

Je ne me tais jamais assez.

— Je suis surtout insomniaque. J'ai pas dormi plus de trois heures par nuit depuis une semaine.

Ayant d'ores et déjà, d'un seul patachon d'un seul, pulvérisé mes records de ringarditude, je me suis abstenue de lui citer les paroles d'une célèbre chanson de Barbara qui me montaient aux lèvres.

— Ouh là là, mais c'est vraiment trop peu, ça ! De temps en temps, vous devriez prendre des pilules pour faire une vraie nuit sinon vous n'allez pas tenir le coup. Je peux vous prescrire du Stilnox, si vous voulez.

Il a grimacé.

— J'aime pas trop les médocs, quand ils viennent pas du Bordelais. Ces trucs chimiques, ça m'empêche de travailler sur moi-même pour régler le problème en profondeur.

— Vous n'avez pas tort mais enfin, à un moment ou à un autre, il faut traiter le symptôme, n'importe quel spécialiste vous le confirmera. Vous savez que le manque de sommeil peut avoir une incidence désastreuse sur l'état de santé général ? L'insomnie est une des premières causes de la dépression.

Il s'est assombri, manifestement terrifié par cette indication.

— Je sais bien, a-t-il dit en baissant la manette de la cuve à bière pour servir une 1664, tandis que, du talon, il refermait le lave-vaisselle. En réalité, je suis pas insomniaque mais dans ma chambre de bonne, c'est... *atrocement* bruyant. On entend tout, tout, tout. Avec mon voisin, on s'est jamais rien dit d'autre que bonjour, et pourtant on se connaît mieux que si on était potes depuis l'école primaire. Je sais à quelle heure il se couche, à quelle heure il se lève, quand il se fait couler un express, quand il éternue, la musique qu'il écoute, si on peut appeler ça de la musique, combien de temps à peu près il faut à sa copine pour atteindre l'orgasme... Je sais aussi que sa jolie maman lui a pas appris à viser la cuvette puisqu'on entend les chutes du Niagara chaque fois que monsieur vide sa vessie. Mais le pire, c'est sa télé. Il va me rendre maboul avec sa télé. Vingt-quatre vingt-quatre, elle reste allumée !

— Pourquoi vous n'allez pas toquer chez lui pour lui expliquer le problème ?

— Bien sûr que j'y suis allé ! C'est le genre de mec qui se plaint de pas avoir de blé mais qui se paye quand même un abonnement à CanalSat et un bête d'écran plasma dans sa piaule. Je l'ai même supplié d'acheter un casque, il m'a répondu « OK, OK », et le soir même, c'était reparti, étant donné qu'il en a rien à secouer de moi, ni de personne d'autre. Je me demande s'il a encore un cerveau à force de regarder la télé. Des fois, on sait pas pourquoi, il mate Al-Jazira à donf, pendant une heure, j'en peux plus ! J'en suis au point où j'ose même plus m'endormir tellement j'ai peur qu'il me réveille.

— Moi, de ce côté-là, je suis vernie, je dors comme un loir en toutes circonstances. Je pose ma tête sur l'oreiller, j'active la fonction « sommeil » et je me réveille sept heures plus tard, même avec du bruit ou de la lumière.

— Et les odeurs, ça vous gêne pas non plus ?

— Ah, ça, j'avoue que je n'ai jamais été confrontée au problème.

— Non ? Parce que moi, mon voisin, quand il s'allume une clope, non seulement je l'entends, mais en plus je le sens ! Je fume mais je ne *supporte* pas l'odeur du tabac quand je dors. Donc, c'est clair, dès que je peux, *je bouge de là*.

Régulièrement, je m'appliquais à porter mon regard vers diverses parties de la salle, sinon se reproduisait le phénomène déjà observé la semaine précédente, à la Fafactory : dès que, au gré d'un de ses déplacements derrière le comptoir, la distance qui me séparait d'Arno se réduisait par trop, je cédais à une sorte d'envoûtement, magnétisée par sa prestance animale. Heureusement, lui ne s'apercevait de rien. Tout bien pesé, je ne courais d'ailleurs aucun risque d'être découverte, le charme de ce garçon procédant pour partie de son ingénuité.

Dépité, il a jeté dans l'évier la lingette imbibée qui lui servait à rincer le bar.

— Quelle injustice ! J'ai quand même pas de pot d'entrer dans l'âge adulte au moment où l'indice des prix de l'immobilier n'a pas été aussi élevé depuis un siècle…

— Un siècle ?!

— Oui, un siècle. À Paris, la courbe est à son niveau de 1915. C'est comme la comète de Halley, des prix pareils : ça passe pas souvent. Par contre, on se passerait bien du spectacle.

— D'où vous tenez ça, vous ?

— Le Ou-Aibe. Je navigue sur le Ou-Aibe. Maintenant au moins, je sais pourquoi je dors pas : j'en ai pas les moyens.

Il m'a présenté des quotidiens, après avoir déposé les condiments à côté de mon assiette fumante.

— Eing peu de lecture, avé le peutit salé, docteureu Dumong ? Ici c'est plus béleulavie, hé !

J'ai hésité quelques secondes.

Depuis que je dévouais toutes mes facultés à vaincre le poison qu'à force de duplicité Alain m'avait injecté en quantité massive dans les veines, la marche du monde ne me captivait plus guère. Je déplorais même, ces derniers temps, un ralentissement de mes capacités intellectuelles, comme si, sous l'effet du toxique, des zones entières de mon cerveau n'étaient plus correctement irriguées.

Entre *Le Parisien*, *Libération* et *Métro*, j'ai choisi le troisième, à cause de sa une, où Emmanuelle Seigner, vêtue d'une « chemise en flanelle à 19,90 euros », vantait les mérites d'une marque de prêt-à-porter japonaise qui se lançait à la conquête du marché français, appuyée par le préparatoire pilonnage publicitaire. Aujourd'hui même, à midi tapant, une boutique venait d'ouvrir, dans le IXe.

— Ça fait bizarre, hein, de la voir poser pour des fringues alors que son mari vient d'être arrêté ? a dit Arno, voyant que je m'attardais sur cette photo.

— Oui, c'est vrai, le télescopage est troublant. D'autant qu'on l'avait un peu oubliée, non, ces derniers temps ?

— Qui ça ?

— Emmanuelle Seigner.

Il a fait la moue, en inclinant la tête…

— Pas tant que ça, non… Elle va bientôt sortir son deuxième album.

Comment ce genre d'hurluberlu se débrouille-t-il toujours pour être au courant de tout ?

— Elle chante ? ai-je articulé juste avant d'éternuer, à cause de la moutarde forte qui me montait au nez. Pardon.

Il a haussé les épaules, en m'épargnant le ridicule « À vos souhaits ».

— Faut croire… Par contre, je sais pas ce que ça vaut, j'ai jamais écouté.

— J'ignorais qu'ils habitaient le VIIIe, elle et Polanski, ai-je dit, après avoir lu le slogan qui accompagnait la photo.

— Moi aussi, a-t-il répondu en descendant goulûment un verre de Coca. En même temps, on s'en tape un peu, non ?

— Si, un peu.

Audrey, la Black svelte et racée qui s'activait en salle, tandis que le patron s'enracinait derrière la caisse, a profité d'un répit dans le service pour se coller contre Arno, par-derrière. Elle l'a enlacé puis l'a embrassé dans le cou. Cette peu équivoque marque d'affection, prodiguée en public, m'a un peu agacée, même si j'ai ressenti un obscur soulagement de le savoir casé.

Du coup, l'œillade qu'il a jetée vers mon décolleté, dès qu'Audrey a cessé ses tripotages pour apporter une addition, m'a déconcertée.

— Et au cabinet, ça va ?

— Ah oui, très bien.

— Vous auscultez combien de personnes par jour ?

— Ça dépend, une trentaine à peu près, parfois plus…

— Dis donc, c'est le défilé, hein…

— Pas tant que ça, non… Certains collègues en voient plus. Personnellement, je ne consacre jamais moins de vingt minutes à chaque patient.

— Et vous en avez jamais marre, à force ?

— Non, jamais. J'aime mon métier, j'ai cette chance. Quand je fais le bilan, je m'aperçois que ma réussite professionnelle m'aura donné plus de satisfaction que ma vie intime.

Cette déclaration l'a surpris, car son regard s'est figé, le temps que son cerveau enregistre ces paramètres, les classe puis en tire des conclusions que le sacripant s'est bien gardé de me communiquer.

— Les avancées techniques doivent aller supervite, non ?

— Effectivement, il faut rester sur la brèche.

— Et vous travaillez tous les jours ?

— Non, oh, non, loin de là… J'ai tous mes week-ends et mon mercredi, comme à l'époque où j'élevais ma fille… Cette coupure en milieu de semaine, c'est du luxe !

— Aahah, vous avez une fille ? Très bien, très bien ! Elle a quel âge ?

— Vingt-deux ans, répondais-je au moment où un impérieux « Arno ! », éructé des cuisines, l'a forcé à s'éclipser, non sans qu'il m'ait auparavant adressé son coutumier : « Vous permettez ? »

Il n'avait pas reparu lorsque j'ai payé, un quart d'heure plus tard.

Inexplicablement, ce contretemps m'a frustrée.

Tandis que je regagnais le cabinet, une constatation s'est imposée à mon esprit, réactivant certes mon chagrin, mais révélant l'existence de son efficace antidote, encore insoupçonnable une heure auparavant : lors de ces quarante-cinq dernières minutes, Arno Genic m'avait témoigné plus d'égards qu'Alain ne m'en avait manifesté en cinq ans.

*

En ce début d'octobre, à mesure que s'additionnaient les semaines infectes, je projetais de rendre caducs les horaires que j'avais communiqués à Arno et de consulter les mercredis, mais aussi un samedi matin sur deux, pour ne plus m'échiner devant ce tonneau des Danaïdes que certains bienheureux nomment « le temps libre ». Au moins, je contenterais mes patients, qui portaient en l'occurrence bien leur nom, puisqu'il leur fallait compter au minimum deux mois d'attente, dans ma spécialité, avant de décrocher un rendez-vous chez n'importe quel praticien de la place de Paris.

Je restais longtemps après le départ d'Alice, travaillant parfois jusqu'à vingt-deux heures, pour échapper le plus longtemps possible à la déambulation solitaire dans mes quatre-vingt-quinze mètres carrés vides, où même un coffret complet de *Six Feet Under* ne suffisait plus à chasser le spleen.

J'éteignais Ophtanet et XP, verrouillais la porte blindée, puis marchais vingt minutes sur les trottoirs grouillants du faubourg Saint-Antoine, heurtant des créatures, sans que personne, ni elles ni moi, barguigne un mot d'excuse. Rue Sedaine, aucune oreille compatissante ne recueillait plus mes lamentos sur ces minuscules tracas du quotidien, insignifiants lorsqu'on s'en déleste régulièrement mais dont l'accumulation limoneuse alourdit insidieusement le cœur, au point de vous couler un moral au milieu de sa périlleuse traversée de l'automne.

Je n'allais pas jusqu'à regretter la couille molle, sous cet aspect-là, non, n'exagérons rien, mais parfois, j'en conviens, une partie spécifique de son individu me manquait : ses tympans – et plus globalement son système auditif.

Si au moins Charlotte n'avait pas changé de longitude en même temps que de continent, elle aurait assumé encore son rôle de confidente, comme lorsqu'elle habitait à la maison. Seulement, quand je quittais le cabinet, elle se dévouait déjà depuis plusieurs heures au développement durable, à l'affût de solutions qui réduiraient de manière significative l'empreinte écologique ; elle voulait vivre vert. Pour me caler sur son rythme californien, j'avais réglé mon téléphone et mon ordinateur à GMT – 8, si bien qu'une partie de moi vivait en état de permanent décalage horaire. Elle m'appelait via Skype, le lundi et le jeudi, avant de se coucher. Ce bavardage d'une demi-heure devant ma *webcam* me regonflait à bloc, mais il m'inquiétait qu'à nos âges respectifs, Charlotte se sente tenue de veiller sur sa brave mère, comme si, à quarante-deux ans, je dépendais déjà de ma progéniture, certes pas physiquement, mais affectivement. Cette inversion précoce de nos rapports ne me disait rien qui vaille.

Alors, malgré ma réserve congénitale, je me faisais violence pour multiplier les opportunités de sorties. Jusque-là, je m'en tirais avec les honneurs, puisque je n'avais jamais passé seule les symboliques soirées du vendredi ou du samedi. Je tâchais surtout de garder inexpugnables ces deux forteresses car, une fois qu'elle investit le week-end, la solitude se propage ensuite à une vitesse effrayante au reste de l'emploi du temps.

Un lundi, vers 19 h 30, j'avais passé dix appels téléphoniques pour planifier un déjeuner le mercredi suivant, de manière à m'assurer que je discuterais au moins une heure dans ma journée avec un être humain. Dix fois d'affilée, j'avais parlé à une messagerie. Ce genre de déconvenue engendrait de sévères coups de blues, stupidement d'ailleurs, car si je m'imaginais, dans mon autodépréciation acharnée, que tous ces gens nageaient dans la félicité, accaparés par mille tâches passionnantes, ils changeaient peut-être bêtement le sac de leur aspirateur en pestant contre la répétitivité des obligations ménagères, ou se disputaient comme des chiffonniers avec leur conjoint pour savoir qui des deux étendrait la lessive de foncé à 40, ou encore déclenchaient un ouragan en forçant leur gamin à repasser sa table de huit plutôt que de chatter sur MSN.

Grâce au courrier électronique, j'avais tout de même touché Stéphanie, qui m'avait enthousiasmée avec son idée de hammam à la mosquée. Céline avait répondu un oui franc et massif lorsque je lui avais proposé de m'accompagner au Casino de Paris pour y applaudir son idole Alain Souchon, puis n'avait plus donné signe de vie. Sibylle, que sa nouvelle boîte pressurait soixante heures par semaine contre mille quatre cents euros mensuels, devint à son tour injoignable.

Elle ne s'était pas volatilisée sans me conseiller de m'inscrire sur onvasortir.com, un site mutualisant les activités culturelles, sportives ou ludiques, grâce auquel, à l'occasion d'une partie de pétanque apéritive et décontractée sur le quai de Jemmapes, elle avait connu le remplaçant d'Antoine, au sens biblique du terme y compris car, de ce point de vue-là, elle ne tardait jamais.

« Au moins, tu sais qu'les gens qu'tu croiseras ont à peu près les mêmes centres d'intérêt que toi. Du coup c'est moins prise de tête que la drague sur les vrais sites de rencontre. »

Pour l'instant, mon orgueil haut perché m'interdisait de suivre ses recommandations mais, au train où progressait mon néant amoureux, je ne jouerais plus longtemps ma fière.

Seuls mes déjeuners bihebdomadaires au Bar Bouillage illuminaient cette désolation lunaire. Arno m'accueillait avec une prévenance égale, même quand les soucis, manifestement, l'accablaient. Une fois dépassée la gaucherie des salutations, la détente mystérieuse se produisait dans mon corps. Ensuite, aucun malaise ne se glissait jamais dans la conversation. Alors que parfois nous demeurions un quart d'heure sans prononcer une parole, les silences n'induisaient pas de gêne entre nous. Au milieu de l'absurde accumulation de minutes à quoi se résumait mon errance, je vivais celles-là intensément, non comme des pis-aller à endurer en attendant des jours meilleurs. Je me réjouissais par avance de nos rencontres qui, chacune, tenaient toujours leurs promesses. J'en arrivais à ce constat formel mais atroce, tant il accusait ma déchéance, que mes rares satisfactions extra-professionnelles se bornaient peu à peu à quelques mots et sourires échangés avec ce jeune homme, comme il détestait que je l'appelle.

Un jour qu'il avait manœuvré pour sortir du Bar Bouillage sur mes talons, je l'ai laissé me raccompagner jusqu'au cabinet.

— « Docteur Nathalie Dumont »… C'est trop la classe, quand même, avait-il dit en découvrant ma plaque, scellée sur la façade. Je comprends ce que vous m'expliquiez, l'autre jour. Ça justifie une vie.

Voilà quelques mois encore, je partageais son point de vue. À mes débuts, je pensais ne jamais me lasser de lire les six lettres de mon nom gravées sur le cuivre. À présent, je ne les voyais plus.

La semaine suivante, quand il a réitéré sa balade à mes côtés, j'aurais aimé triompher de ma faiblesse et refuser son invitation, mais j'ai abdiqué sans combattre, de sorte que nous avions bel et bien rendez-vous dimanche, vers quinze heures, à La Fontaine, une brasserie de la place du Colonel-Bourgoin, vaillant officier dont je me promets depuis une éternité de vérifier sur Wikipédia les hauts faits d'armes, sans jamais passer à l'acte.

V

Il guettait mon arrivée.

Dès qu'il m'a reconnue, au loin, il s'est levé, déférence excessive qui m'a contrariée davantage que flattée. Afin de ne pas le laisser poireauter debout, j'ai en effet dû presser le pas pour parcourir la cinquantaine de mètres qui me séparait de la terrasse où il feuilletait *Vingt et un*. Il avait revêtu son strict uniforme réglementaire : souliers éculés, jean élimé, chemise blanche froissée, veste en cuir noir. Il n'avait donc jamais froid ?

Comme l'embrasser m'aurait paru encore plus saugrenu que de lui serrer la main, après une hésitation – car j'avais étourdiment négligé de préparer cet embarrassant aspect du protocole –, je l'ai salué oralement avant de m'installer sur la chaise qu'il me présentait. Il n'en menait certes pas large, mais s'en tirait plutôt mieux que la plupart de ses aînés lors de leur premier rendez-vous avec moi. Certains signes trahissaient, chez ce garçon, une forte confiance en soi d'où je concluais qu'il avait coutume de côtoyer des adultes beaucoup plus âgés que lui. Tout de même, sa main tremblait, lorsqu'il a porté sa cigarette à ses lèvres.

Nous avons chacun commandé un café puis nous nous sommes détendus comme à l'accoutumée, si bien que notre conversation a tout de suite atteint son apaisant rythme de croisière. Dix minutes de bavardage ont suffi pour me nettoyer l'esprit de mes pensées parasites. Profitant de cette familiarité courtoise qu'il savait instaurer en virtuose, il a demandé à brûle-pourpoint :

— Au fait, c'était comment avec le trader, après le vernissage ?

Son culot m'a soufflée.

Mon premier réflexe a été de l'envoyer promener mais, comme Arno avait éventé ce secret de polichinelle dès que j'avais quitté la Fafactory sur les pas de Lionel, nier que Ducon et Dumont avaient terminé ensemble ce vendredi-là n'aurait servi qu'à me ridiculiser. Il avait plutôt posé cette question comme un premier jalon, dans le but d'éclaircir un mystère plus épais, ainsi que l'avancée en apparence anodine d'un pion sur l'échiquier prépare chez un joueur chevronné un mat imparable.

— Pas fameux…, ai-je piteusement répondu.

— Ah bon, pourquoi ?

— Il a tenu à mon encontre des propos très humiliants.

— Du genre ?

— Écoutez, je ne préfère pas épiloguer.

— Il s'est montré misogyne, c'est ça ?

— C'est ça, voilà. Encore que le terme soit un peu faible.

— Ça m'étonne pas, a-t-il dit, satisfait d'obtenir la confirmation du bien-fondé de son intuition. Il était marrant mais en même temps on sentait vite la crevure, en lui.

— Vous écoutiez nos conversations ?

— Non, mais j'ai saisi des bribes.

Il a marqué une courte pause, avant d'ajouter, comme s'il se parlait à lui-même :

— Faut dire qu'il démarrait à bribe abattue.

Je suis restée interdite quelques secondes, le temps d'assimiler que, loin d'avoir commis un lapsus, il avait au contraire résumé la fatuité tapageuse du bourrin de la City en un jeu de mots étincelant.

Un tel brio m'a presque agacée.

— Excellent, ai-je concédé.

— Merci, a-t-il répondu d'une voix neutre. Vous voulez que j'aille lui péter la gueule ?

— Mais non, quelle idée !

— Nan, parce que si vous voulez, vous me dites où il habite, je l'attends en bas de chez lui et je lui pète la gueule.

— Arno, enfin…

Un homme me plaçait ainsi sous sa protection physique pour la première fois de ma vie. Cette assurance en sa puissance pugilistique face à ce costaud de Lionel m'a charnellement émue. D'éventuelles effusions de sang, de probables représailles ou des démêlés avec la justice, non seulement ne l'effrayaient pas, mais ne l'avaient même pas effleuré.

Étonnamment, ces mâles propositions ont lavé l'affront. D'ailleurs, je n'en voulais pas réellement au Polack. Il avait planté une lame propre et bien aiguisée, la blessure était nette, elle avait guéri vite. À choisir, je préférais ce style de don Juan déjanté aux laborieux manipulateurs dans le genre d'Alain, qui vous laissent une plaie purulente avec leurs canifs rouillés.

— Il a senti que vous traversiez une sale période… Dans la nature, les bêtes affaiblies attirent les prédateurs. Chez les humains, certains parviennent à se hisser au-dessus de leur condition de mammifères, ils s'interdisent d'abuser de la détresse de leur prochain. D'autres au contraire se laissent dominer par leurs instincts primaires. On ne peut pas les en féliciter. Il vous est arrivé des trucs moches, c'est ça ?

Sa perspicacité m'a consternée, moi qui déployais des trésors d'inventivité pour donner le change quant à l'état de mon moral.

— Ma fille a décroché un job à Los Angeles, après son master. Et je me suis séparée de mon compagnon.

À quoi bon lui dissimuler mes malheurs, puisqu'il les avait flairés ?

Tout de même…

Jamais je n'aurais imaginé atteindre, à quarante-deux ans, une détresse telle que j'en serais réduite à vider mon sac aux oreilles du premier jeunot de passage.

— Ah ouais, en effet, ça fait beaucoup…

Alors, il s'est permis cette stupéfiante liberté : il m'a envoyé deux légers coups de poing sur l'épaule, comme s'il consolait un bon copain en pleine déconfiture.

Je n'en revenais pas.

— Mais vous allez vous relever, Nathalie, j'en suis sûr. Vous êtes remplie de vitalité. On traverse tous des tunnels, comme ça. Faut faire le dos rond, continuer d'avancer vaille que vaille en guettant le rayon de lumière. Vous vous êtes quittés quand ?

— Juste avant les vacances, fin juin. On devait aller en Andalousie. Tout était déjà réservé, j'ai dû annuler au dernier moment. Une horreur.

— Fin juin, c'est pas si récent, ça… Y en a qui refont leur vie en moins de quatre mois.

— Pas moi. J'ai passé mon été à déprimer.

— Vous l'aimez encore ?

De nouveau, sa curiosité m'a désarçonnée mais, comme il possédait le don de mettre à l'aise son interlocuteur, au lieu d'arrêter les dégâts, j'ai répondu :

— Oh non, non, ça non ! Au contraire, je me sens nettement mieux depuis que je l'ai dégagé.

— Bah alors, vous êtes libre ! La vie est belle !

— Comme dans le film de Roberto Benigni ?

— Oh, joli ! Belle repartie !

Il avait prononcé « *reu*partie ».

Jusque-là, j'avais toujours entendu « *ré*partie ».

— Je sais qu'Imre Kertész l'apprécie mais moi je me suis emmerdé à ce film. Quand je l'ai vu, des spectateurs bouffaient dans la salle. Benigni, pour moi, c'est celui qui a réconcilié le pop-corn et la chambre à gaz.

Un peu égarée parmi ces références, j'ai préféré persévérer dans la narration de mes fiascos que je maîtrisais mieux que le cinéma italien de la fin du XXe siècle, pour les avoir potassés.

— C'est surtout le sentiment d'avoir été flouée qui m'empêche d'oublier.

— Comment il s'appelait ?

— Alain.

— Y a quelque chose de précis qui a déclenché la rupture ?

— Quelque chose, non. Quelqu'une, oui.

Il a hoché la tête, en se pinçant les lèvres.

— Classique. C'est lui qui vous l'a dit ?

— Non, j'aurais bien aimé. Seulement, il voulait nous garder toutes les deux en même temps. Et en rajouter d'autres, à l'occasion.

— Encore classique. C'est pas un original, votre Alain.

— Non, ça, on ne peut pas dire...

— Et il fait quoi dans la vie ?

— Il dirige une boîte de conseil pour le développement international des entreprises. Ne me demandez pas en quoi ça consiste parce qu'il a eu beau s'évertuer à m'expliquer, je n'ai jamais pigé ni qui ni quoi il conseille. Il conseille, voilà.

— Et vous l'avez découvert comment, qu'il vous trompait ?

— Boh, c'est d'une banalité affligeante.

Tais-toi, Nathalie.

On ne se livre pas à un inconnu de vingt ans de moins que soi.

Un peu de tenue !

— Un matin, il est parti en oubliant de fermer sa boîte mail, ce qui m'a permis de découvrir la correspondance enflammée qu'il échangeait depuis six mois avec sa maîtresse… Connaître les restaurants où il l'emmenait, les week-ends en Relais & Châteaux déguisés en séminaires professionnels, les croustillants détails de leurs ébats sexuels. Du bonheur. Certains passages relevaient de la pornographie, vraiment. À la fin de chaque message, il y avait le numéro de la fille, avec sa signature électronique.

Je n'arrivais pas à me contenir.

Cette nécessité de « verbaliser » qu'évoquait mon analyste, sans doute.

— Comme elle n'avait pas l'air de soupçonner mon existence, j'ai fait ni une ni deux, j'ai composé son numéro, je me suis présentée, je lui ai annoncé que j'étais la régulière d'Alain et j'ai raccroché. Quand il est rentré, ses affaires étaient sur le lit à côté de ses valises, il n'a eu qu'à les remplir. Je ne l'ai même pas autorisé à attendre que Charlotte rentre pour l'embrasser une dernière fois.

Je repensais à ce matin maudit. Comment aurais-je survécu, si l'on m'avait avertie que le lent écoulement de ma substance par la brèche occasionnée alors à une partie essentielle, voire vitale, de ma personnalité, me transformerait, au fil des semaines, en coquille creuse exposée à tous les vents ?

J'avais en réalité mangé mon pain blanc ce jour-là, en comparaison des dizaines d'autres qui l'avaient suivi depuis.

— Qu'est-ce que ça fait mal quand même, de s'apercevoir qu'on a passé cinq ans auprès d'une parfaite crapule… Le voile se déchire d'un coup, crac, l'évidence apparaît.

Je ne sais s'il compatissait à mes malheurs, en tout cas ceux-ci ne le gênaient pas pour loucher sur mon 90 C moulé dans un chemisier Anne Fontaine.

— Et lui, il vous reprochait rien ? Ça marche quand même rarement à sens unique, ces trucs-là…

— Si, il se plaignait parce que je travaillais trop, il m'en voulait de rentrer tard le soir, de ne pas être assez disponible.

— Et vous ne vous êtes doutée de rien ?

— Non, de rien.

— Y a pas eu de signe avant-coureur ?

— Oh, si, si, mais je ne m'en suis aperçue qu'après… Par exemple, il avait toujours refusé de lâcher son appart. Il dormait encore régulièrement chez lui. Et puis, on devait investir ensemble en loi Scellier.

— Ça consiste en quoi, la loi Scellier ? a-t-il demandé, n'aimant apparemment pas mener une conversation sans en saisir les tenants et les aboutissants.

— C'est une niche fiscale. On achète un appartement pour le louer, on bénéficie de réductions d'impôts considérables, mais en contrepartie les loyers sont plafonnés, ce qui donne des prix très inférieurs à ceux du marché.

Il a plissé les yeux puis agité la tête de haut en bas, pour signifier qu'il attendait la suite, ayant reçu le message cinq sur cinq.

— Eh bien, il repoussait sans arrêt la date de la signature, il inventait toutes les semaines un nouveau prétexte… Ça ne m'a même pas mis la puce à l'oreille. Je mettais ses atermoiements sur le compte d'une phobie de l'engagement, c'est le psy d'une copine qui prétend que les hommes de ma génération souffrent de cette tare-là…

J'ai baissé les yeux.

— La reine des pommes, je crois que c'est moi…

Il a fait la moue, comme s'il ne pouvait en toute objectivité souscrire à cette proposition.

— Pourquoi ? On peut tous se faire gruger, dans la vie, ça arrive aux meilleurs.

— Vous croyez ?

— Évidemment ! Vous lui avez fait confiance, c'est plutôt à votre honneur. On vivrait plus si on se méfiait de tout le monde à longueur de temps…

Le fripon s'est payé le luxe de m'arracher un sourire en ajoutant :

— Même Staline, il y a pas cru, quand Hitler a envahi l'URSS. Il lui a fallu quatre jours pour admettre que son ami Adolf l'avait trahi !

Il a posé les coudes sur la table, pour se rapprocher de moi.

— Nathalie, a-t-il dit en baissant la voix, je sais que c'est plus facile à dire qu'à faire mais l'important c'est de regarder devant vous, maintenant. Tourner la page, même si elle pèse une tonne, et plus jamais penser à lui. Chaque minute que vous lui consacrez ralentit votre convalescence. Je parie que vous n'avez pas encore effacé son numéro de votre répertoire ?

— C'est vrai.

J'ai croqué le carré de sucre que je n'avais pas dissous dans le café.

— Je lui ai envoyé un SMS d'insultes, l'autre nuit.

Il a grimacé.

— Erreur.

— Pourquoi, erreur ? Ça défoule, quand même.

— Oui, mais du coup il sait que vous souffrez toujours à cause de lui, donc qu'il continue d'exister en vous, donc il jubile. C'est d'ailleurs quand vous n'aurez plus envie de vous venger que vous saurez que vous êtes guérie du mal qu'il vous a fait.

La finesse de son analyse m'a décontenancée.

Il s'agissait là du premier éclair de cette intelligence hors du commun à laquelle j'aurais tant de mal, par la suite, à m'accoutumer, ne serait-ce qu'en raison d'un manque d'acuité visuelle : la pensée filait tout simplement trop vite.

— Vous devriez vous menotter les mains dans le dos quand vous avez des envies pareilles.

J'ai accusé le coup, honteuse que le réconfort que j'attendais depuis des semaines émane de la bouche de ce gamin. À l'étonnement et à la honte se mêlait, je l'avoue, l'admiration. Sa maturité me subjuguait. D'où tenait-il ces vérités humaines que je désapprenais peu à peu, au fur et à mesure que ma vie sentimentale se transformait en boîte à baffes ?

— La meilleure façon de l'emmerder, ce serait de vous engager dans une relation épanouissante avec un autre homme.

— Vous savez, Arno, les femmes se casent en général avec un homme plus élevé qu'elles, socialement. Pour moi, qui gagne très bien ma vie, je vous assure que le choix n'est pas si large, d'autant qu'il se restreint avec les années. On tombe soit sur des profiteurs pas toujours faciles à repérer, soit sur des *old school* qui n'imaginent pas vivre avec une compagne qui ramène plus d'argent qu'eux à la maison.

— Peut-être, mais si on oublie le défaitisme et les considérations sociologiques, moi je vous dis que rien n'est joué. Vous avez encore des années magnifiques devant vous. Pardonnez-moi, je vais me montrer indiscret, je peux vous demander votre âge ?

Il suffisait, maintenant.

Suivant une méthode éprouvée de longue date, j'ai durci mon visage et planté mes yeux dans les siens. Sentant qu'il avait franchi la limite, il s'est agité sur sa chaise, s'est agrippé à son paquet de Camel, en a allumé une, puis a tenté de se planquer derrière les quelques centimètres de circonférence du cylindre ocre et blanc. Je l'ai laissé sur le gril encore une bonne trentaine de secondes, avant de répondre :

— À ce degré-là, ce n'est plus de l'indiscrétion, mais de l'impolitesse.

Il a blêmi.

Mais d'autres optent pour le cramoisi, en la circonstance. Question de complexion sanguine, sans doute ?

— Je vous oblige pas à me répondre.

Oui, cette erreur-là, beaucoup la commettent.

Aspirés par les sables mouvants, ils se débattent, idiotement, accélérant leur engloutissement.

— Ah, vraiment ? Monsieur est trop aimable !

Il a dégluti avec peine, sa pomme d'Adam a effectué dans son cou un mouvement d'ascenseur et nous y sommes arrivés, au forceps :

— Je suis confus, a-t-il dit d'une voix devenue fluette, je vous prie de m'excuser.

Je me suis fait pitié, avec mes coquetteries à la Jane Fonda. J'exagérais, surtout, en ripostant à ce qui n'était même pas une attaque. Que ne m'étais-je montrée aussi intraitable, face aux injures du

Polack, couchée nue sous les draps de cet adversaire autrement coriace ?

— J'ai trente-neuf ans.

— Trente-neuf ans ?

Rasséréné par cette reddition imprévue, il a écarquillé ses mirettes incroyables.

— Ça alors... Je vous donnais carrément moins, vous voyez.

Il m'a dévisagée.

— Trente-neuf ans ! J'en reviens pas, y a quelque chose de sidérant. Le temps n'a pas de prise sur vous. C'est votre côté Dorian Gray.

— Pourtant je vous assure que je ne dissimule pas mon portrait chez moi.

Il a froncé théâtralement les sourcils.

— C'est bien vrai, ça ? Je viendrai quand même perquisitionner bientôt. Je ne me fie qu'à ce que je vois, moi.

J'ai admiré son à-propos, en même temps que sa très sûre technique d'approche, digne d'un vieux roublard de la drague. À son habile initiative, sous couvert de la plaisanterie, quelque chose de l'ordre du sexuel circulait pour la première fois entre nous. De nouveau, il a plongé son regard dans mon décolleté, à cet endroit stratégique où les deux seins se rejoignent, comprimés par le balconnet. Malgré ses efforts, il ne contrôlait pas plus la rotation de ses globes oculaires que moi mes épanchements, je le percevais nettement.

À chacun ses points faibles.

— Bon, et vous, Arno ? Vous me cuisinez mais moi je ne sais rien de vous.

Il a soupiré.

— C'est parce qu'y a rien à savoir. J'ai une vie de con, voilà.

— Qu'est-ce que vous racontez ? Vous peignez, vous créez, c'est formidable !

— Enfin, je crée... Faut le dire vite.

Il a formé un rond devant lui, en joignant son pouce et son majeur.

— Jusqu'à maintenant, j'ai vendu *zéro* toile, à la Fafactory.

Pas un instant je n'avais songé à en acquérir une, ni même à me renseigner sur les prix. Je me suis dépêchée de changer de sujet, déprimée par cette preuve irréfutable de mon nombrilisme.

— Vous n'avez pas de petite amie ?

— Non, rien de fixe. Je me sens seul. J'en peux plus de me sentir aussi seul.

Cet aveu m'a désarmée. Jamais personne ne m'avait dévoilé sa fragilité avec une telle rafraîchissante simplicité. Au moins un qui ne vous assommait pas avec la comédie du bonheur... Paradoxalement, cette sincérité le protégeait. Quiconque aurait blessé un être aussi vulnérable se serait déshonoré.

— Et Audrey ?

— Quoi Audrey ?

— Elle est jolie, Audrey.

— Oui, elle est jolie, Audrey.

— Vous n'êtes pas ensemble ?

— Avec Audrey ? Nooon ! Je l'adore, mais plus comme une sœur. Elle voudrait bien que je me marie avec elle mais j'ai pas envie, elle est trop jeune.

— Elle a quel âge ?

— Vingt-cinq, je crois bien. Par là…

— Et vous ?

— Moi, vingt.

Vingt ans !

Encore moins que je l'imaginais…

— Vous faites plus, vous, ai-je dit pour le punir du toupet avec lequel il m'avait obligée à lui mentir, quelques minutes auparavant.

— Je vous remercie, je le prends comme un compliment.

À tous les coups l'on gagne, hein ?

Petit con, va.

— Donc elle a vingt-cinq ans, vous vingt, et vous la trouvez trop jeune ?

— Exactement.

— Arno, c'est absurde !

— Oui, je sais, un peu, mais moi j'aime les vraies femmes, avec le sens des responsabilités, des rides au coin des yeux…

Là, précisément, en me dévisageant sans équivoque, il ajouta en sous-titre : *et une certaine expertise au plumard.*

— Audrey c'est une gamine, avec des préoccupations de son âge… Elle a rien vécu, encore.

Son portable, qu'il avait posé devant lui, a tremblоté en zonzonnant sur la table en bois. Il a vérifié sur l'écran le nom de son correspondant.

— Excusez-moi, il me faut vraiment répondre.

Il s'est levé.

— Oui, maman ?

Par pudeur, j'imagine, il a traversé la rue de Charenton pour mener sa conversation sur le trottoir opposé, laquelle s'est prolongée pendant une bonne dizaine de minutes. Lorsqu'il est revenu, livide, je terminais la Camel que je m'étais permis de piocher dans son paquet.

— Bah, je suis désolé, Nathalie, mais je vais devoir vous laisser plus tôt que prévu…

— Mais non, Arno, c'est moi qui suis désolée. Rien de grave, j'espère ?

— Ça va aller, ça va aller.

Il ne pouvait cependant cacher, malgré son sens des convenances, que cet appel l'avait bouleversé. Suivant un de ces tics nerveux qui l'assaillaient apparemment quand l'angoisse le terrassait, il exorbitait les yeux, comme si l'épouvantait l'immensité du malheur qui s'étalait à son horizon psychique.

— Je peux vous accompagner quelque part ? J'ai une voiture, vous savez.

— Non, non, merci, c'est gentil.

Tout d'un coup, le jeune homme vaillant dont la présence me revigorait s'est métamorphosé en un adolescent égaré, isolé dans la mégalopole parmi plusieurs millions d'âmes. Ce contraste entre les deux facettes de sa personnalité m'a déstabilisée. Puis son visage s'est à nouveau illuminé et il m'a souri, comme s'il se souvenait, brusquement, du privilège incommensurable que je lui avais accordé en partageant ce café avec lui.

— Au revoir, Nathalie !

— Au revoir, Arno !

Il a fouillé dans la poche de son jean.

— Non, laissez, c'est pour moi.

— Vous êtes sûre ?

— Oui. Je ne suis plus sûre de grand-chose, mais je sais encore que j'ai les moyens de régler deux express…

Il a hoché la tête, pour signifier qu'il se rangeait à cette objection.

— Merci, alors. À bientôt.

Il a relevé le col de sa veste Armani et fait volte-face pour gagner la station de métro.

*

Je me sentais vidée, en appelant l'ascenseur, et fâchée contre moi-même de m'être répandue en jérémiades. Comment ce gamin avait-il réussi, alors qu'aucune goutte d'alcool ne circulait dans mon sang, à me soutirer des confidences dont je suis en général plutôt avare ?

Lorsque les portes ont coulissé, l'incommodante odeur des produits d'entretien utilisés par la nouvelle société de nettoyage m'a sauté aux narines.

Vingt ans…

Pourtant, dans la conversation, l'écart ne se ressentait nullement. Au contraire, j'avais trop longtemps frayé avec des quadras bien plus écervelés qu'Arno. Des « adulescents », comme les surnommait la presse de société, qui allaient passer sans transition de l'insatisfaction trépignante à l'Alzheimer.

En réalité, je n'avais jamais abordé des sujets aussi graves, en compagnie d'Alain encore moins qu'avec quiconque. J'étais stupéfaite qu'un si jeune homme éveille et comble en moi cette soif de spiritualité jusque-là ignorée. En tout cas, au long de cette heure de discussion, mon désir d'enfant ne m'avait pas pollué l'esprit une seconde.

Comme je cherchais mes clés, j'ai senti mon portable vibrer dans mon sac. Pour prolonger la griserie trop fugace que représente pour moi chaque réception de SMS, je me suis préparé un thé avant d'en vérifier la teneur.

« Ordonnance à l'attention du Dr Dumont : un 4e mvt de la *Symphonie du nouveau monde* chaque matin au réveil. (Par Karajan, on évitera les génériques.) Traitement à renouveler jusqu'à restauration complète de la joie de vivre. »

VI

— Tu sais, Nath, faut pas se leurrer. Le besoin primordial d'une femme, c'est d'être remplie. Au niveau de son vagin comme de son utérus.

— Oh, écoute, merci pour la minute de poésie… Tu as bien assimilé les avancées féministes de ces quarante dernières années, hein ?

— Oui, bah je m'excuse si je suis triviale mais c'est ce que je pense, vraiment. Malgré la civilisation, on reste des animaux, voilà. Quoi qu'on fasse, les hormones nous rattrapent. Dans le pire des cas, dis-toi que ta vie n'est pas foutue, tu as Charlotte, c'est déjà énorme. Toi et moi, au moins on aura eu un môme. OK, on en voudrait bien un deuxième, mais on a assuré l'essentiel, j'essaie de prendre la vie du bon côté, moi. Avec mon hypnothérapeuthe on bosse vachement sur cette idée-là : regarder le réel autrement. C'est toujours possible de poser des nouveaux mots sur son histoire, quoique avant-hier quand même dans son fauteuil en cuir, y avait pas moyen, j'restais polarisée sur mes obsessions négatives, et là, je sais pas ce qui s'est passé, j'ai pensé, dans certaines circonstances, par exemple pour un Tutsi pendant le génocide quand trois Hutus pénétraient dans ta case avec une machette à la main, ça devait pas être évident de considérer l'aspect positif de la situation.

J'ai soulevé une paupière.

À travers la vapeur, Stéphanie m'a envoyé un clin d'œil.

— Surtout s'il pleuvait.

J'ai tenté d'imaginer l'effroi du martyr lors de l'ultime vis-à-vis avec son bourreau, mais la distance entre l'univers sursécurisé dans lequel j'évoluais de Bastille à Nation et le chaos où s'était abîmé le Rwanda en 1994 a découragé mes velléités empathiques.

— Bon, j'ironise, mais « Souris à la vie et la vie te sourira », comme disait sœur Emmanuelle, c'est quand même vachement utile. OK, ça fait catho à deux balles, n'empêche qu'en pratique, ça marche. Par exemple, tu vois, ceux qui se plaignent que chez eux y a trop de bruit, ils devraient d'abord se réjouir d'avoir un toit, dans notre société tout le monde a pas cette chance. Mais bon, voilà, l'être humain est ainsi fabriqué qu'il se contente jamais de son sort, et les nanas pas plus que les autres... C'est malheureux, mais c'est comme ça. Au bout d'un certain nombre d'années, quand une meuf qui a déjà un enfant a décidé depuis toujours qu'elle en aurait un autre, elle se retrouve toutes proportions gardées dans un état comparable à celle qui en a jamais eu. Le manque occasionne une blessure narcissique inimaginable, quasiment insurmontable, qui provoque à la longue des effets secondaires imprévisibles, des palpitations, des angoisses et même une agressivité maladive qui se diffuse peu à peu contre l'ensemble de la société, surtout si la malheureuse croise un landau dans la rue ou une rivale à sept ou huit mois. On notera toutefois que ces symptômes s'évanouissent aussitôt que le test de grossesse change de couleur. La future maman oublie en une seconde qu'elle était descendue si bas. Bon, je généralise peut-être, mais pour ouam, en tout cas, ça s'est passé comme ça. On monte en température ?

— Allez !

Après avoir enfilé nos tongs, nous avons cheminé à pas précautionneux sur le carrelage glissant jusqu'à la pièce principale, plus élevée de plafond, où nous nous sommes étendues dans une des six alcôves disposées symétriquement au carré central.

Avec un brin d'emphase, Stéphanie a repris :

— D'ailleurs, j'ai obtenu la preuve empirique de ma théorie, y a pas longtemps.

Pourquoi m'*énerve*-t-elle au point que je ne puisse jamais me retenir de lui infliger ces brimades mesquines consistant, par exemple, à lui ruiner ses effets en ne la suppliant pas d'abréger le suspense ?

Elle a rongé son frein, deux ou trois minutes, puis n'y a plus tenu.

— Tu veux que je te raconte ?

Elle tombe chaque fois dans le panneau avec l'obstination obtuse du taureau se ruant sur la muleta.

— Si tu veux, mais alors en même temps, tu me frottes avec le gant que j'ai acheté à l'entrée.

— Aucun souci, je suis la pro du gommage, allonge-toi sur le dos. Tes pores sont hyperdilatés, ton épiderme va desquamer en moins de deux. Plutôt doux ou plutôt énergique ?

— Plutôt doux, limite massage, tu vois ?

— Je vois bien, ouais. Moi j'préfère énergique. Au Maroc, je choisis que des hammams locaux, je fuis les cinq étoiles aseptisés du front de mer qui ont plus aucune authenticité. Une fois, à Agadir, je suis tombée sur une vieille toute fripée, je te jure, elle m'a fait peur. Jamais de ma vie j'ai rencontré une personne aussi *laide* ! Et alors, t'aurais dû voir comment elle y allait… Elle me coinçait entre ses jambes, elle me claquait, elle me serrait, elle me tordait, ça craquait, j'avais mal ! Même un moment, j'ai flippé, je me suis dit : « Putain, Steph, c'est pas vrai, elle va te casser en deux, cette conne ! Europ Assistance va te rapatrier d'urgence en chaise roulante ! » Et puis tu vois, je suis là… Malgré leurs méthodes ancestrales, ils savent ce qu'ils font, là-bas. Nous, ici, on contrôle plus rien avec nos techniques ultra-sophistiquées.

— Oui, enfin, si les chefs d'État africains continuent à se faire soigner en France, crois-moi, ça veut dire quelque chose… Alors, ton anecdote ?

— Quoi mon anecdote ?

— Pour illustrer ta théorie.

— Ah ouais ! Bah tiens, eux je les ai rencontrés à Ouarzazate, justement, on avait sympathisé autour d'un tajine aux olives, c'est pour ça que j'aime bien voyager seule, tu restes plus accessible que quand t'es noyée dans un groupe. Des trentenaires, elle journaliste, lui acteur, ils créchaient dans un super trois pièces du Marais. Soixante mètres carrés sur jardin rue Charlot, sans vis-à-vis, double exposition est-ouest, silencieux, une tuerie. Mille six cents euros normalement, eux payaient ça moitié moins. Ils organisaient de ces teufs, là-dedans, t'aurais dû voir… Le truc vétuste, par contre, avec l'électricité pas aux normes et les fenêtres à moitié moisies qui laissent entrer les courants d'air, tu vois le bilan énergétique… Deux frangines comme ça, des rentières, proprios de plusieurs immeubles à Paris. Elles pratiquent des loyers dérisoires pour freiner la spéculation mais elles entretiennent pas leur parc. Bon, voilà, à force de filer le parfait amour dans leur nid douillet, il leur naît un petit Martin et pendant deux, trois ans tout va pour le mieux dans le meilleur des mondes. Jusqu'au moment où patatra, la tuile tombe : impossible d'accorder leurs violons sur la suite des événements. Elle voulait coûte que coûte agrandir la famille, tandis que lui un môme, ça lui suffisait, il exposait ses théories pendant les dîners, la planète est surpeuplée, pas besoin d'en rajouter, en plus l'enfant unique réussit mieux sa scolarité selon les enquêtes et blablabla, n'importe quoi. La vérité c'est qu'un deuxième ça l'aurait encombré pour chercher des rôles, sans cesse à courir après les cachets pour toucher ses Assedic, c'est compliqué pour les intermittents vu comment la concurrence est brutale dans ces milieux. C'est pas dur à Paris tu secoues un arbre, y a un comédien qui tombe. Et si c'est pas un comédien, c'est une comédienne. Tourne-toi sur le ventre.

J'ai obéi, paresseusement.

— Il manque pas de talent pourtant, je l'ai vu sur scène, il a une belle voix qui sort des tripes, une élocution chiadée, chapeau. Bon, pendant des mois, sa meuf lui mène la misère, mais *grave* quoi, le harcèlement. Jusqu'au moment où elle réalise : OK, c'est mort avec lui, j'ai trente-cinq piges, l'horloge biologique s'emballe, faut que je lui trouve un remplaçant, fissa. Et elle le plaque, recta, en lui proposant un deal : « Écoute, Paris me soûle, j'en ai marre de cette fourmilière polluée, j'ai besoin de cambrousse et d'air iodé, dès que je peux je me barre à La Rochelle avec Martin. D'ici là, toi, tu loues un meublé et tu réintègres les lieux quand j'aurai ma maison en Charente, la solution te convient ? » Le gars, t'imagine ? Ça l'enchantait qu'à moitié de se faire tèje et d'être en plus obligé de boucler ses valises, mais bon, trop *naïf*, il accepte, il se galère pour trouver un T2…

— Pourquoi tu ris ?

— Je rigole parce que, je te jure, elle m'a hallucinée, leur rupture. Un temps, je déjeunais avec la meuf tous les mercredis, elle me racontait le film semaine après semaine, le truc à rebondissements, tu fous ça dans *Californication*, personne y croit, regarde ce que j'enlève.

Elle a désigné sur le gant de fins, brunâtres et répugnants rouleaux de peau morte.

— Bon, l'eau coule sous les ponts et il arrive quoi ?

— La fille ne part pas.

— Bingo ! Elle rencontre un mec à Paris, terminado les Charentes et l'air iodé. Du coup, comme ils étaient cosignataires du bail, gros contentieux avec son ex pour savoir qui gardera la rue Charlot. Un plan pareil, tu parles… Tout de suite j'ai senti qu'elle allait remporter la partie, elle avait plus les crocs parce qu'elle manquait de thunes, avec ses piges payées aux lance-pierres. Certaines semaines, elle bossait sept jours sur sept pour boucler ses fins de mois. « Je bougerai pas d'ici tant que la mairie m'aura pas relogée dans un trois pièces au Marais », qu'elle répétait, tu vois le niveau d'exigence ? Encore heureux qu'elle réclamait pas d'emménager à l'Élysée ! Bon, dilemme affreux pour Monsieur l'acteur qui se retrouve à jouer du Corneille en pleine réalité, une fois j'étais là quand il l'a appelée, elle chialait au téléphone pour le culpabiliser, chantage affectif à donf : « T'en as pas marre d'être aussi *égoïste* ? Toi tu te pavaneras dans un trois pièces pendant que la mère de ton fils dormira dans la rue ? *C'est ça que tu veux, dis ?* »...

J'ai sursauté car, au moment où j'appliquais ma joue gauche contre la pierre, une gouttelette qui suintait du plafond m'est tombée pile dans l'oreille droite.

— Bref, à l'usure, elle le tue de remords, la bonne poire cède, il résilie son bail, avec l'espoir en échange qu'ils vivront elle et lui une relation apaisée, pour que Martin pâtisse pas trop de la séparation, genre « La guerre de toi n'aura pas lieu », comme l'a chanté le fameux poète persan Michel Sardou. Eh ben tu sais comment la meuf l'a remercié, tellement ça l'avait enragée, l'inremplissement ?

J'ai répondu « Non », et du tac au tac, cette fois-ci, parce que Stéphanie avait capté mon attention, à force de pétulance.

— Elle lui a refusé la garde alternée qu'ils avaient négociée à l'amiable, en arguant du fait que sa rémunération atypique lui permettait pas de louer un appart assez spacieux pour accueillir dignement son fils. Après, elle a changé les serrures et, à son ex, elle lui a volé tous les meubles qu'il avait laissés, persuadé qu'il reviendrait rue Charlot. Là, ils en sont aux avocats et au tribunal. Dans la foulée, elle a installé chez elle son nouveau chéri. Au mois de mai, elle l'épouse.

Stéphanie s'animait, malgré elle.

— Je te jure, elle m'a trop impressionnée, d'avoir tourné la page en moins de deux, alors que moi je ressasse chacun de mes bides pendant des mois. Faut dire que la perspective d'habiter quasiment à l'œil un des quartiers les plus chers de la planète, mine de rien, les mecs, ça les motive pour se maquer. L'important après c'est juste de se raconter des jolies salades à soi-même, te persuader que l'aspect économique a pas influé sur ta décision, que t'as juste été guidé entre guillemets par l'amour. Je jette pas la pierre hein, note bien, parce que moi tu vois, à force de lâcher chaque cinq du mois onze cents euros pour mon trois pièces de merde à Bagnolet, genre Sisyphe avec son rocher, eh bah je te promets, psychiquement ça *m'épuise*.

Les prix ayant augmenté plus vite que son épargne, Stéphanie n'a jamais pu rattraper le train des propriétaires, malgré heures sup et privations.

— En même temps, a-t-elle ajouté, je sais pas comment il arrive à faire la bête à deux dos avec sa femme dans le pieu de son prédécesseur.

— Peut-être qu'il s'en fout…

— Ouais, peut-être.

— Ou alors ça l'excite ? Du coup, il éjacule deux fois plus fort !

— Ah, non, Nath. Aucun homme n'est jamais assez fort pour ce calcul, mets-toi bien ça dans le crâne.

Cette affirmation m'a plongée dans la perplexité.

— Pardon ?

— Aucun homme n'est jamais assez fort pour ce calcul.

— Tu veux dire que les femmes sont plus retorses que les hommes ?

— Pas du tout, Jean-Claude Romand ça reste un homme, jusqu'à preuve du contraire. Je voulais juste replacer une contrepèterie que j'ai appris hier.

— Oh, non… Je suis nulle en contrepèterie, je ne les trouve jamais.

— Mais si, cherche un peu, au moins !

Docile, je me suis emberlificotée dans les syllabes, sans parvenir à échafauder une phrase cocasse en rapport avec le contexte.

— Bon, je donne ma langue au chat, tu es contente ?

— Pff… On peut dire que t'es pas rigolote, hein, Nath ! Tu inverses « mais » et « culll ».

Après de longues secondes de cogitation, les lettres se sont redistribuées pour former de nouveaux mots, qui eux-mêmes ont changé de fonction, le sens a éclos et la grivoiserie m'a réjouie, même si je ne me l'avouais qu'à contrecœur.

— Alors, elle est bonne, non ?

— Oui, c'est vrai, elle est bonne !

— Merci. En tout cas, l'ex, il doit bien la sentir, sa douleur, de s'être fait entuber aussi profond ! Ouillouillouille, et sans vaseline hein, et longtemps… En fait, depuis le début, elle lui laissait le choix entre pas lâcher l'appart et aller au clash, ou lâcher l'appart et aller au clash aussi. Pile je gagne, face tu perds ! Il lui a fait confiance, ce teubé, tout ça parce qu'elle lui avait donné sa parole…

La perte de valeur de la parole en société post-historique.

La formule d'Arno a retenti en écho, sans que je puisse certifier qu'il l'aurait appliquée aux circonstances présentes, car j'ignorais si l'acception du mot « parole » était équivalente dans les deux cas.

— Entre-temps, les proprios du gars ont récupéré leur meublé, vu comme le marché de l'immobilier est tendu, il a pas retrouvé à se loger et c'est lui qui est devenu SDF. Je l'ai croisé l'autre jour dans le bus, le mec est détruit, lessivé. J'ai même pas osé lui dire bonjour tellement qu'il ressemblait à un zombie. Comme si elle l'avait défiguré à distance, ça fait bizarre…

Voilà.

Je sais pourquoi elle m'agace : elle me file le bourdon, même en des moments dédiés à la détente et au retour sur soi.

Si je m'étais égarée au milieu de la sauvagerie rwandaise, je retrouvais par contre mes marques dès lors que nous abordions aux rivages familiers de la cruauté mentale, où nous avions atteint, ici, en Occident, un niveau de perfectionnement remarquable. Finalement, Stéphanie avait peut-être raison : j'avais mal mesuré ma chance lors de ma rupture avec Alain. Je n'avais rien perdu d'autre que des illusions, moins onéreuses que le mètre carré parisien.

— C'est vrai que les ruptures sont pas forcément évidentes à gérer pour les papas, a repris Stéphanie, comme si nos pensées respectives nous avaient emmenées vers les mêmes régions de l'âme, y en a plein qui dégringolent, après, j'ai lu un dossier là-dessus dans *Le Parisien*. Bref, elle s'est vengée, elle paye une misère pour un appart de la mort dans un quartier de malade, elle vient de s'acheter la nouvelle Polo, j'ai déjeuné avec elle y a deux semaines, elle rayonne. Une femme puissante !

Ses pouces ont glissé, sensuellement, vertèbre après vertèbre, le long de ma colonne, des lombaires jusqu'aux cervicales.

— Et voilà, Madame !

— Merci.

Nous nous sommes redressées, puis adossées aux carreaux de faïence bleus, dégoulinantes de sueur, ramollies par la chaleur.

— Ça m'a fait de la peine quand Fred Chichin est mort.

— Enfin Nath ! Je t'assure, ta façon de changer subitement de sujet, je m'y habituerai jamais. Pourquoi tu me fous Chichin sur le tapis, d'un coup ?

— Parce que dans le dernier album des Rita, y a une chanson qui s'appelle « Communiqueur d'amour ». Au début, je le trouvais gnangnan, leur titre, et puis, à la réflexion, je l'aime bien, parce que je me suis aperçue depuis qu'on en rencontre en chair et en os, des communiqueurs d'amour. Des gens, tu ne sais pas comment ils se débrouillent, si c'est inné ou s'ils parviennent à ce résultat au prix d'un travail sur eux-mêmes, n'empêche qu'ils te sortent toujours le mot juste qui t'apaise, au moment opportun. À l'opposé, il y a des communiqueurs de haine, comme ton amie.

— Attends, je l'appellerais pas une *amie*, c'est plutôt une copine.

— Comme ta copine. Ça contamine forcément les alentours, des combines pareilles. Moi, j'ai remarqué à quel point le mal se propage rapidement depuis qu'Alain m'a blousée dans les grandes largeurs. Parfois, je suis tenaillée par des pulsions destructrices abominables, alors qu'avant ça ne m'arrivait jamais.

Stéphanie est restée songeuse un moment.

— Moi je crois pas qu'elle soit une communiqueuse de haine… Tout ça, c'est la faute du mec. C'est abusé, de sacrifier sa famille à son métier. Il l'inremplit en premier, elle le castre en échange, un partout, la balle au centre, normal. Je suis pour la solidarité féminine, moi.

— Méfie-toi quand même, Steph, sinon tu vas virer aigrie sans t'en apercevoir, parce que là tu en es rendue à me faire l'apologie d'une manipulatrice.

— Nan Nath, t'es trop sévère, tu manques de miséricorde… Elle en était raide dingue de ce mec-là, elle espérait rien de mieux que de vieillir avec lui. Elle aurait jamais atteint ces extrémités s'il lui avait pas brisé le cœur.

— Pff, Stéphanie… Tu peux argumenter trois heures, tu ne me convaincras pas que ce n'est pas ignoble de réifier les enfants pour régler ses affaires d'adultes. À la place de cette femme, j'aurais tellement honte que je ne pourrais plus m'endormir. Maintenant, je veux bien qu'on change de sujet parce que je n'aime pas user trop de salive pour des individus d'une telle bassesse morale, sinon ça leur donne l'impression d'exister.

Stéphanie s'est renfrognée, vexée que je close de cette manière abrupte la conversation qu'elle avait initiée.

— Tellement de mômes sont embarqués dans ces histoires affreuses, maintenant, avec la multiplication des séparations… ai-je ajouté pour faire diversion. Du coup, ils n'acquièrent pas les structures psychiques élémentaires, et avec le temps ça donne ces agités du bocal qui nous cassent les pieds à longueur de journée. Ça me fait doucement rigoler quand j'entends partout qu'il faut recréer du lien social, comme on dit, alors que notre société s'est transformée en entreprise industrielle d'arrachage de liens qui s'attaque à des cobayes de plus en plus jeunes. J'ai une copine qui bosse en PIJ à Sainte-Anne, elle s'inquiète vraiment quand elle voit les troubles comportementaux de certains gamins.

— C'est quoi, pige ?

— Psychiatrie infanto-juvénile. À sept ou huit ans, ils arrivent tellement abîmés qu'elle ne sait déjà plus quoi faire pour eux.

— Merci Nathalie, c'est gai.

— Oui, tu as raison, pardon…

J'ai clos les yeux, me laissant bercer par les cataractes jaillissant des robinets et remplissant les seaux, le chuintement caoutchouteux des claquettes sur les dalles, les interpellations en arabe des Maghrébines plantureuses.

— Sérieux, tu crois que je deviens aigrie ? Tu sais, en vrai j'aurais pu venir au mariage de Lucas. Seulement quand j'ai reçu le faire-part, direct j'ai appelé une copine qui habite à Biarritz pour lui proposer de passer le week-end chez elle, depuis le temps qu'elle m'invitait… Après j'ai envoyé un mail à Lucas pour lui dire, génial, je suis trop heureuse pour vous mais désolée, ça tombe mal, le 19 je suis déjà bookée depuis superlongtemps. Franchement, j'aurais trop badé d'assister à la cérémonie, alors que moi parmi tous les keums que j'ai pu me taper, y en a pas un seul qui m'a demandé ma main. Tu sais quoi ?

— Non.

— J'aurais eu tellement de chagrin, je crois bien que je serais… *morte* !

L'orgueil m'a empêchée de lui avouer que j'en étais sortie pour ma part salement amochée.

— T'as couché, toi, avec Lucas ? ai-je demandé, surprise que son union avec Soizic affecte à ce point Stéphanie.

— Non, j'ai jamais eu envie, je le trouve pas viril. Simplement je supporte plus le bonheur des autres, j'admets. Au fait, t'es au courant, ç'a marché la FIV de Flo, elle est enceinte.

— C'est vrai ?

— Ouais. D'ailleurs, perso, ça me fait flipper. Franchement ces tripatouillages autour de la grossesse, je trouve ça trop glauque. C'est comme la gestation pour autrui, je suis à fond contre.

— Ah bon, mais pourquoi ?

— Je sais pas, c'est viscéral... Je peux pas croire qu'il se passe rien entre la mère porteuse et le fœtus.

— Oui, alors, là, tu t'avances un peu... Aucun consensus scientifique n'existe encore, sur cette question.

— Bah, consensus ou pas, moi, je fais confiance à mon ressenti. Toute façon, même, *tu vends ton enfant* quoi, c'est ouf !

— Oui, j'entendais la femme de Jospin qui s'indignait comme toi, l'autre jour à la radio... Elle parlait d'une marchandisation du corps humain, à cause de la rétribution qu'on accorde à ces femmes... Moi, ces belles théories, elles me laissent sceptique. Si la tractation est bien encadrée, les termes du contrat clairement définis dès l'origine, je ne vois pas où se situe le problème. Entre aller trimer comme caissière pour un salaire de misère, avec en prime deux heures de RER par jour et un gros porc de patron sur le dos, et offrir à un couple le plus beau cadeau de sa vie, pour moi le choix est vite fait. Dans l'histoire, c'est du gagnant-gagnant. Ceux qui sont contre, je voudrais bien entendre leur avis s'ils étaient privés d'enfant à cause d'une hystérectomie ou d'un MRKH.

— C'est quoi MRK truc ?

— Une malformation congénitale. Ton système reproductif fonctionne, mais tu n'as pas d'utérus. Seules les femmes qui souffrent de cette forme de stérilité-là ne peuvent pas recourir à l'AMP, c'est injuste.

— Nathalie, tu veux pas nous lâcher avec tes acronymes ? Tout le monde est pas toubib, je te rappelle…

— Assistance médicale à la procréation. Et puis d'abord si les femmes sont libres de disposer de leur ventre pour avorter, je vois mal pourquoi elles ne le seraient pas pour enfanter. D'autant que la plupart des IVG se font également pour des raisons financières, parce que ce n'est pas le bon moment, selon l'expression consacrée.

— Seulement je m'excuse, Nath, mais un embryon, c'est pas encore la vie. C'est un aggloméra de cellules qui, éventuellement, si tout se passe bien, deviendra un être humain.

— Oui, n'empêche que sur les sites dédiés à la grossesse, un œuf de quatorze jours s'adresse à sa mère à la première personne : « Quelle aventure ! Je vais pouvoir me développer dans ton utérus, nous avons neuf mois pour faire connaissance », etc.

Je croyais avoir pris l'ascendant mais, après quelques secondes de réflexion, Stéphanie a gloussé :

— Dire qu'on en jette deux cent mille par an à la poubelle pendant que tant de couples s'acharnent à procréer…

— Oh arrête, t'es vraiment horrible ! Tu peux pas rester sérieuse cinq minutes ?

— Écoute, je sais bien que c'est pas simple, mais enfin, tous ces efforts déployés pour pallier l'infertilité des uns pendant que les autres fécondent inutilement, reconnais que la répartition est mal foutue quand même !

À la fin, elle m'irritait tellement, avec son cynisme gratuit et ses certitudes bornées, que j'ai failli lui rabattre son caquet, définitivement. Consciente qu'en sortant de mes gonds j'aurais cédé à ses provocations, je me suis murée dans un silence réprobateur.

Elle m'a donné un coup de coude.

— Oh, c'est bon, Nath, décoince, j'essaye d'alléger l'atmosphère, moi, hein… Si tu surfes sur les sites de grossesse, ça prouve que ton désir d'enfant tourne à l'obsession, et c'est le meilleur moyen pour qu'il se réalise pas. T'as pas remarqué ? Quand tu désires trop un truc, il t'arrive jamais et quand tu veux absolument éviter quelque chose, ça te tombe dessus. Y a plein de couples qui se croient stériles, alors qu'ils ont juste un blocage psychologique. Et avec ton Arno, t'en es où ?

— Primo, ce n'est pas *mon* Arno… Secundo, où veux-tu que j'en sois ? Il a vingt ans ! J'arrêterais de le voir, si j'étais raisonnable. Mon problème, c'est qu'à chaque fois je passe des moments formidables avec lui. Sans doute justement parce qu'on n'attend rien l'un de l'autre, aucun engagement, aucune perspective d'avenir… Il est là, le piège. Enfin, j'exagère, il y a son charisme, aussi… L'autre jour, on se promenait, on passe devant un resto un peu branchouille, il dit : « Le patron ici, je le connais, il est mytho. Depuis l'été dernier, il répète partout que j'ai dîné chez lui avec Daniel Buren. » Moi, je me marre, forcément. « Ah oui, en effet, c'est original ! » Et là, Arno renchérit, furax : « J'étais pas avec Daniel Buren, j'étais avec Pierre Soulages. » Voilà l'olibrius. À vingt balais, il fréquente Pierre Soulages ! Je t'assure, j'étais tellement impressionnée, c'est idiot, mais je n'ai même pas osé le questionner, s'il est sympa Pierre Soulages, comment il l'a rencontré, ni rien…

— Il paraît… Il paraît qu'il est sympa, Pierre Soulages.

— Je crois bien que j'ai rougi, même. D'un autre point de vue, ça me rassure, ça prouve qu'il a une personnalité hors du commun et que je ne suis pas totalement à l'ouest ! Avant-hier, au téléphone, il me sort : « J'ai passé des tests, quand j'étais au lycée. J'ai un QI supérieur à la moyenne, j'y peux rien… »

— Mais t'as couché avec lui ou pas ?

— Mais non, non… Avant-hier, il a essayé de m'embrasser mais je l'ai repoussé. Quand je lui ai expliqué que c'était à cause de la différence d'âge, il a murmuré, accablé : « La différence d'âge ? Franchement, j'aurais pensé à tout sauf à ça… » Après, il m'a demandé : « Il me manque combien d'années, à peu près ? » C'est drôle, non ?

— Effectivement, oui, il est drôle. Il a l'air touchant, aussi. Tu le vois souvent ?

— Un soir par semaine, minimum. Plus une fois ou deux au Bar Bouillage.

— Peut-être qu'il t'aime…

Là, Stéphanie venait d'appuyer sur le point sensible.

— Arrête…

— Et pourquoi il t'aimerait pas, Nathalie, puisque tu es aimable ?

J'ai repensé au dernier texto d'Arno.

« "Je m'accorderais mieux avec une femme qui soit laide, ou vieille, ou pauvre, ou malheureuse, mais qui aurait acquis de l'intelligence et une âme par l'expérience de la vie et les épreuves ou chagrins." Van Gogh. »

— Bon, je vais me doucher.

— Bah, tu m'accompagnes pas dans la dernière salle ? a demandé Stéphanie, déçue.

— Ah non, non, c'est trop chaud pour moi.

— Petite nature, va ! Moi j'adore. Après je plonge dans le bain d'eau glacée, c'est trop bon. Je m'aperçois qu'en fait j'ai besoin de sensations fortes qui m'envoient des décharges d'adrénaline, pour me vider l'esprit. Cet été, je vais sauter à l'élastique.

L'occasion se présentait, je l'ai saisie.

— Ah bon ?! Mais tu es folle !

— Pourquoi ?

— Et si l'élastique casse ?

— Tu rigoles ? Ça arrive jamais !

— Ça n'arrive jamais, ça n'arrive jamais… jusqu'au jour où ça arrive ! Bon, je vais boire un thé, tu me rejoins dans la salle de repos ?

— On fait comme ça, a répondu Stéphanie, boudeuse. À tout' !

VII

Aux déclinologues qui prétendent que les nouvelles générations ne maîtrisent plus l'orthographe ni la syntaxe et n'alignent pas trois phrases correctes, je propose de leur présenter Arno Genic. Un matin, par exemple, m'attendait dans ma boîte un message ainsi rédigé :

De : Arno Genic
À : Nathalie Dumont
Date : 26/11/2009 5 : 50
Objet : Dieu

Cette nuit, pendant mon insomnie, j'ai réfléchi à notre conversation. À mon avis, l'athéisme est en grande partie un luxe temporaire d'Occidental surprotégé. Je songe souvent à Jean-Paul Kauffmann, ce journaliste retenu trois ans en otage au Liban par des islamistes. Quand les Syriens sont entrés à Beyrouth, en février 1987, ses ravisseurs ont déguerpi, emportant avec eux leurs prisonniers qu'ils avaient enfermés dans des cercueils plombés. Durant le transfert, Jean-Paul Kauffmann a cru que ses geôliers allaient le jeter dans la Méditerranée. La boîte métallique ne serait pas remontée à la surface, personne n'aurait jamais retrouvé son cadavre. Sa famille et ses amis auraient ignoré pour toujours ce qu'il était devenu. Pendant ces quelques minutes de terreur absolue, à l'idée non pas de mourir, mais de *disparaître*, verbe tellement galvaudé de nos jours quand il s'agit de désigner l'arrêt de la vie chez un être de chair et de sang, face à cette négation absolue de son humanité, l'œnophile Jean-Paul Kauffmann a prié le Seigneur. Il Lui a juré qu'il ne boirait pas une goutte de bordeaux pendant les trois mois qui suivraient sa libération, s'il échappait à cet enfer.

Je voudrais savoir combien d'entre nous, confrontés à une telle épouvante, sans aucune autre perspective que le néant, n'invoqueraient pas leur Dieu. Moi, tout mécréant que je suis, je me sens incapable de certifier qu'en pareille circonstance je ne remettrais pas mon salut entre Ses mains.

Je pense qu'à l'origine, le premier homme confronté au Mal absolu a invoqué une transcendance, que Dieu a jailli du Mal absolu en l'homme, qu'Il était donc toujours déjà là.

Les théologiens du Livre m'expliqueraient sans doute que je m'égare dans l'hérésie, que Dieu préexistait à tout, et donc à la chute, mais j'en suis là, pour l'instant, de ma réflexion.

Sans doute évoluera-t-elle, à l'avenir.
Puissiez-vous pardonner ces puériles et nocturnes divagations.
En espérant que vos patients ont été gentils (ou qu'ils le seront, si vous partez au cabinet), je vous salue.

A.

P.-S. : Si ça vous dit, on peut aller voir les *Misfits*, après-demain, ils le repassent dans un vieux ciné du 5e.

À dater de ce jour, j'ai décidé de ne plus lui adresser un « courriel » – terme ringard dont je m'obstinais à user, négligeant ses railleries – sans l'avoir auparavant vérifié au correcteur automatique.

*

À trente-quatre ans, Marilyn resplendit comme jamais, dans le film de John Huston, tourné en 1960 – et Arno partageait mon avis. La scène où Clark Gable, qui décéderait deux semaines après la fin du tournage, dompte dans l'obscurité quatre chevaux sauvages, dégageait un tel réalisme que ce quart d'heure d'anthologie m'avait laissée moulue sur mon siège, les muscles courbatus par la tension nerveuse.

Après la séance, nous avions traversé à pied l'île Saint-Louis pour rejoindre la rue Saint-Paul, où j'avais réservé une table à l'Enoteca, un de mes italiens favoris.

Nous avions d'abord partagé une assiette d'*antipasti misti* puis Arno avait opté pour un *fritto di faraona asparagi e panissa* et moi pour le *risotto con zimino di totani e spinacini.* Je dégustais à présent un classique mais délicieux *tiramisù* tandis que mon gourmand s'empiffrait du *trio di dolci.*

Le restaurant affichait complet, alors qu'en sortir avec une note inférieure à cinquante euros par tête de pipe relevait de la gageure. Apparemment, la crise ne frappait pas tous les porte-monnaie avec la même rigueur.

— Sa première dépression, ça les avait rapprochés, mais après sa rechute, leur couple a éclaté. Mon père n'a pas supporté l'épreuve, surtout que ma mère a beaucoup changé à cette époque, elle qui était le cartésianisme incarné, elle s'est convertie au bouddhisme. Maintenant, elle passe son temps à s'agenouiller devant un autel miniature qu'elle a installé dans sa chambre. Elle consulte aussi des voyants, y en a un qui lui a expliqué qu'elle a été un guerrier sanguinaire dans une vie antérieure et que son calvaire actuel prépare sa réincarnation dans une âme et un corps plus harmonieux, c'est trop bon, vous voulez goûter ?

Je tolère mal qu'on pioche dans mon assiette, et même qu'on en profère seulement l'intention. Le malotru qui commet une fois cette bourde perd toute chance de renouveler l'expérience, puisqu'il ne me reverra jamais à sa table.

— Non, merci.

— En fait, par sa maladie, elle est censée racheter les crimes commis par son précédent avatar. Du coup, elle prodigue le bien autour d'elle autant qu'elle peut, elle milite dans plein d'associations caritatives, tout ça. L'autre jour, j'ai essayé de lui expliquer que les avatars n'existent pas dans le bouddhisme mais ç'a encore viré au drame, alors j'ai lâché l'affaire. Maintenant je commente plus ses délires. Je la juge pas, hein, personne peut savoir comment il réagirait face aux coups durs qu'elle a subis dans sa vie. Simplement, j'ai du mal à retrouver ma mère dans cette femme-là. En fait, tout ça, c'est très banal mais ça m'atteint, quand même.

— C'est normal... C'est le contraire qui serait étonnant.

— Ah oui, elle s'est mise au yoga, aussi. Ça fait partie de sa recherche spirituelle, comme elle l'appelle.

La gravité de son propos n'affaiblissait pas son coup de fourchette. À la manière dont il dévorait, je me demandais s'il mangeait tous les jours à sa faim.

— Et elle travaille ?

— Oui, elle donne des cours de piano.

— C'est original, comme métier.

— Enfin, elle donne... Elle donnait, plutôt. Elle a pratiquement arrêté maintenant, parce qu'elle perd un peu la boule à cause des barbituriques, elle confond ses visions avec la réalité, elle oublie des rendez-vous, c'est compliqué. De toute façon, elle est bientôt en retraite.

— En retraite ? Mais elle a quel âge ?

— Soixante-quatre.

J'ai effectué un rapide calcul mental.

Madame Genic ne s'était pas pressée, pour enfanter…

— Vous êtes fils unique ?

— Oui, mes parents se sont rencontrés sur le tard, ils ont pas mal galéré pour m'avoir.

Je percevais un tourment secret dans cette manière de m'annoncer, concentré, les yeux ronds et le regard fixe, une précision superflue. Sans doute lançait-il là un appel à l'aide mais j'étais trop encombrée de moi-même pour envisager de secourir quiconque.

— Trop de femmes l'ignorent, mais être enceinte après quarante ans, c'est pas tout rose. Il y a plus de prématurité, plus d'hémorragies. La mortalité maternelle est multipliée par vingt-cinq. Une quadra qui cherche à avoir un enfant a quatre fois moins de chance d'y parvenir qu'une trentenaire.

J'avais déjà noté que c'était le propre des esprits supérieurs de se captiver pour des sujets extrêmement variés. Néanmoins, je l'ai haï de me remémorer inopinément, avec ce couplet sur les grossesses tardives, l'odieuse dégénérescence à l'œuvre dans mon organisme au moment où je m'empiffrais de pâtisseries au café. Oui, je le confesse : réellement haï. Pas longtemps, néanmoins, puisqu'il a ajouté, avec une candeur poignante :

— C'était pas gagné d'avance pour moi, de venir au monde. C'est pour ça que j'ai de la combativité à revendre !

Sa langue se déliait, ce soir.

J'en avais plus appris sur lui en une heure que lors de ces deux précédents mois. Attentive à ne pas glisser, comme lors de nos premiers tête-à-tête, sur la pente de mon égoïsme, je l'avais abondamment questionné et je parvenais plus ou moins à organiser la masse d'informations qu'il m'avait fournies. À seize ans et demi – « Comme François Hollande », précisa-t-il –, il avait obtenu son baccalauréat scientifique avec une mention bien, enchaîné avec une année de droit pour satisfaire son père, avocat d'affaires à Florence, lequel s'était rapidement rendu compte de l'erreur d'aiguillage et avait laissé bifurquer le fils prodigue vers l'école du Louvre. Au printemps dernier, licence en poche, pour se vouer à sa création personnelle, Arno avait quitté sans regret la vénérable institution dont il jugeait l'enseignement insuffisamment « élitiste », et les étudiants qui la fréquentaient trop « conformistes ». Le paternel avait alors coupé les vivres, ainsi qu'il en avait averti Arno. Ce dernier ne lui en gardait pas rancune, au motif qu'il appréciait « les gens qui tiennent leurs engagements ».

« Il m'avait prévenu qu'il fermerait le robinet si je décrochais pas un bac + 5, il l'a fermé, normal. »

Et voilà pourquoi il jouait les garçons au Bar Bouillage.

— Et votre père, il a quel âge ?

— Il est un peu plus vieux que ma mère.

Je le sentais sur la défensive.

Décidément, nous abordions là une zone de turbulences. Sans doute est-ce pour la contourner qu'il m'a demandé :

— Et vous, vos parents, ils ont quel âge ?

— Ma mère a soixante-quatre ans, comme la vôtre.

— Dites donc, elle vous a eue tôt, par contre !

— Pas tant que ça… C'était encore courant, à l'époque, d'avoir des enfants à vingt… cinq ans.

J'avais été si proche de me trahir qu'une sueur glacée m'a parcouru le corps. Pour qui passerais-je, si je me coupais un jour, par inadvertance ?

— Et votre père ?

— Il s'est tué sur la route, quand j'avais douze ans.

Sidéré par cette révélation, il a posé ses couverts, pour la première fois depuis le début du dîner.

— Je suis désolé, Nathalie.

— Il ne faut pas, vous n'y êtes pour rien.

— Ça doit être terrible, de perdre son père à douze ans ?

J'ai haussé les épaules.

— Oui, c'est terrible. J'ai connu quelques années de vaches maigres, à l'adolescence, affectivement comme financièrement. Surtout que ma mère ne travaillait pas, quand son mari est mort. Il a fallu se bagarrer. Ça n'était pas gagné d'avance, de réussir ma médecine. Mais on survit, vous voyez. Je crois que le choc a été encore plus rude pour mon frère. Il n'avait que sept ans, lui.

— Ah, vous avez un frère ? Comment il s' appelle ?

— Thierry. Nos parents n'étaient pas doués pour choisir les prénoms.

— Pourquoi ? C'est joli, Nathalie.

— Oh, oui, c'est joli. Et puis surtout, c'est original ! C'était le prénom le plus donné, en ces années-là. La faute à Gilbert Bécaud…

— Je ne sais pas qui c'est.

Là, j'ai encaissé un coup de vieux.

S'il pouvait discourir du Greco, ce gamin n'avait par contre jamais entendu parler du Bécaud. Telle aurait été, dans l'inconscient collectif, la durée de l'immortalité du chanteur : environ trois générations, score appréciable. Parmi les quelques milliards d'individus qui s'agitaient à l'heure actuelle sur cette planète, nous ne serions pas légion à pouvoir nous targuer d'une telle postérité.

— Une vedette des années soixante, soixante-dix. On l'appelait « Monsieur Cent mille volts ».

— C'est naze.

— Je n'y avais jamais prêté attention, mais maintenant que vous me le faites remarquer, je suis d'accord avec vous : c'est naze. Il a fait un tube planétaire avec une chanson qui s'appelait « Nathalie ».

— Ah ouais ? Je l'écouterai sur Musicme.

J'ai ramassé quelques années supplémentaires en pleine poire : le nom de ce site ne me disait rien du tout.

J'ai compris que son imagination conjecturait à plein régime entre chacune de nos entrevues quand, à brûle-pourpoint, il m'a demandé, faussement détaché :

— Mais en fait, Charlotte, vous l'avez eue super jeune ?

— Oui, super jeune, comme vous dites. Un moment d'égarement… Je prenais pourtant déjà la pilule, à l'époque, mais de manière irrégulière, suivant un penchant paraît-il développé chez beaucoup de jeunes femmes. C'est un copain gynéco qui m'a décrit le phénomène : elles s'arrangent inconsciemment pour provoquer un accident, puis elles avortent, une fois qu'elles sont rassurées quant à leurs capacités reproductrices. Cette hypothèse s'applique assez bien à moi, je crois, sauf que l'IVG m'effrayait tellement que j'y ai renoncé, même si ça ne m'amusait pas du tout de devenir fille-mère. Aujourd'hui, lorsque je considère que Charlotte aura été avec mon travail la principale source de joie de mon existence, je ne le regrette pas. Je ne conçois même plus ce qu'aurait été ma vie sans elle.

— C'est beau, ce que vous dites.

— Je ne sais pas si c'est beau mais, en tout cas, c'est vrai. Vos insomnies, ça va mieux ?

Il s'est rembruni.

— Ça ira mieux quand je déménagerai, a-t-il marmonné.

— Et quand déménagerez-vous ?

— Quand j'en aurai les moyens. Et c'est pas demain la veille, vu que le marché est reparti à la hausse.

— D'ici là, il faudrait quand même que vous vous occupiez sérieusement du problème, Arno.

Il a attrapé le dernier croûton de pain qui traînait dans la corbeille et l'a déchiqueté nerveusement.

— Je m'en occupe, je m'en occupe. Vous croyez que je me prive de sommeil pour le plaisir ? Je suis pas maso, hein…

En posant son poing droit alternativement sur ses deux épaules, il a mimé une autoflagellation qu'il se serait infligée à l'aide d'une immatérielle poignée d'orties.

— Début septembre, j'ai appris par hasard dans je sais plus quel canard qu'il existait un centre du sommeil, à l'Hôtel-Dieu. Ils indiquaient un numéro de téléphone, dans l'article. Alors moi, direct, j'appelle, fou d'espérance, je tombe sur une nana, je lui explique mon problème, elle m'écoute attentivement, elle répond : « Oui, oui, ne quittez pas », et là, elle me transfère sur une boîte vocale qui m'annonce qu'il faut rappeler dans six mois pour prendre rendez-vous. Le journaliste qui a publié l'info sans la vérifier, je l'aurais tarté si je l'avais eu en face de moi. Comme si, en six mois, j'avais pas le temps de mourir d'épuisement !

— On est en novembre et vous êtes encore vivant… Vous allez rappeler ?

— Je sais pas.

— Ah, alors ? Vous voyez que vous négligez des pistes !

— Non, parce qu'ensuite j'ai trouvé sur le Web le numéro d'un autre centre du sommeil, à la Salpêtrière. Là, ils m'ont demandé de leur envoyer une enveloppe timbrée grand format, et trois semaines après j'ai reçu un questionnaire interminable où je devais décrire, nuit après nuit pendant un mois, mes heures de coucher, d'endormissement, de réveil et de lever.

— Et évidemment, vous l'avez rempli et vous le leur avez renvoyé au plus vite ?

— Non, j'ai pas tenu la distance, j'étais trop crevé…

— Reconnaissez quand même que vous n'y mettez pas du vôtre…

Je m'en voulais, de le réprimander comme si j'étais sa mère, mais son inconstance me décourageait.

— Ouais, en même temps j'avais besoin d'aide, hein, pas de passer une interro. En plus, ça m'a trop déprimé de m'apercevoir que j'avais pas dormi plus de cinq heures d'affilée depuis des semaines. De toute façon, ils précisaient que le premier rendez-vous arrivait au mieux quatre mois après réception du questionnaire. Je regrette un peu d'avoir abandonné, quand même, parce que j'aurais bien aimé les entendre, moi, ces grands pontes. Qu'est-ce qu'ils préconisent, une fois que les cycles circadiens sont détraqués à cause des bruits qui vous harcèlent sans régularité, si bien qu'on peut jamais s'y habituer ? La télé du voisin, les pas d'hippopotame dans le couloir, les pots d'échappement crevés, les talons de la pouffe d'en dessous…

Je songeais, tandis qu'il narrait ses déboires, à la quiétude qui règne dans ma chambre, exposée sur cour et perchée au dernier étage, dans un appartement rénové de fond en comble en 2001 par l'architecte d'intérieur Lucas Marchery, avec lequel je m'étais ensuite liée d'amitié. Sur ma requête instante, il n'avait sélectionné que des matériaux et textures à la pointe de l'innovation dans le domaine de l'isolation phonique.

— L'autre jour à la radio, ils avaient invité une spécialiste du sommeil, une neuropsychiatre je crois bien. À un moment, elle a sorti : « Le lit doit être le lieu pour dormir et la chambre doit garder ce côté intime, protecteur. » J'ai podcasté l'émission, après, rien que pour la noter, sa phrase, parce que je me suis dit, « Tiens, elle, elle a beau causer dans l'poste, y a tout un pan de la réalité qui lui échappe ». J'aimerais bien que mon lit soit un lieu pour dormir et que ma chambre garde ce côté intime protecteur. Seulement, elle a qu'à faire l'expérience, il suffit de taper les critères de recherche sur pap.fr ou seloger.com pour s'apercevoir que des deux pièces à moins de sept cents euros, à Paris, bah, y-en-a-pas ! Donc, le fauché moyen, qu'est-ce qu'il fait quand il habite dans une chambre de dix mètres carrés ? Il s'adapte ! Son clic-clac, le matin, il le transforme en canapé, où il regarde la télé et reçoit ses amis, et le soir, son canapé, ça redevient son pieu. Et la chambre fait en même temps office de cuisine, de salon et de salle à manger. Et les toilettes sont dans la salle de bains, avec les moments de grande solitude que ça implique, quand on invite une conquête qui veut prendre une douche le lendemain matin, sans se douter qu'on n'a pas pu se retenir d'aller au popo cinq minutes plus tôt parce qu'on n'est qu'un pauvre humain, soumis à des besoins naturels…

Malgré l'aspect scabreux de son allusion, j'ai souri.

Combien de temps allait-il ainsi tenir le crachoir ? Je lui enviais cette ardeur inlassable à ferrailler, qu'avec le temps j'avais perdue.

— On se demande dans quel monde ils vivent, ces gens-là, si ça leur arrive d'entrouvrir les yeux une fois de temps en temps… J'aimerais bien en croiser un, un jour, pour lui dire en face : « Écoute bonhomme, puisque mon bien-être t'intéresse tellement, on va échanger : pendant un mois, je vais dormir dans *ton* appart, dans *ton* pieu, et toi tu viendras pioncer sur *ma* paillasse, dans *mon* taudis. » Je les envie pas, hein, avec ma mère je suis bien placé pour savoir que les riches aussi, ils ont des insomnies… Mais c'est juste par altruisme, peut-être que s'ils vivaient quelques semaines dans un cagibi, ils profiteraient mieux de leur confort, après ? C'est pas sûr d'ailleurs, puisque c'est le sentiment d'enfermement à perpétuité dans une impasse qui rend la situation anxiogène.

Rageusement, il visait le panier pour le remplir des boulettes de mie qu'il écrasait entre ses phalanges distales du pouce et du majeur, de sorte que le quignon réintégrait peu à peu sa place initiale sous une forme modifiée que le sculpteur César aurait probablement nommé *Décompression*.

— En même temps, maintenant que la victime occupe le rôle primordial dans la société, ça doit se bousculer au portillon… Quand j'entends partout cette litanie de récriminations incessantes qui tient lieu de bruit de fond à l'époque, je les comprends, les toubibs. Ils sont forcés d'installer un parcours du combattant avant l'accès aux soins, pour éliminer les malades imaginaires. Vous êtes pas vexée, au moins ?

— Quelle idée ! Et pourquoi le serais-je, d'abord ?

— Parce que je daube sur vos confrères !

— Mes confrères ? Vous y allez un peu fort… À part le caducée, je n'ai pas grand-chose en commun avec les médecins dont vous parlez. Dans ma spécialité, je suis assez peu impactée par les évolutions sociétales.

— C'est vrai, ça, vous m'avez jamais dit. C'est quoi, dans votre branche, les pathologies liées à la vie moderne ?

— Insuffisance de convergence à cause du travail sur écran, irritations et allergies pendant les pics d'ozone, rien d'aussi invalidant que les insomnies…

Il a vidé son verre de vin et s'est redressé sur sa chaise.

— Mais *vous*, Nathalie, vous avez l'air de vous rétablir, depuis quelque temps, non ?

— Couci-couça… Y a des hauts et des bas. C'est déjà pas mal. L'été dernier, il n'y avait que des bas.

— Bon, bon, bon… Vous reprenez le dessus, j'en étais sûr.

Il m'a souri pendant que j'admirais tout mon soûl ses yeux magnifiques.

Une gueule d'ange…

De combien d'étudiantes avait-il brisé le cœur ?

Pendant plusieurs minutes, nous avons gardé le silence.

Régulièrement, la pudeur nous commandant d'interrompre notre contemplation mutuelle, l'un de nous deux détournait le regard. De manière inattendue, car la tonalité plutôt sombre de nos conversations ne le laissait guère augurer, j'ai vécu alors, bercée par le brouhaha des dîneurs, un moment de pure grâce. Depuis cet inoubliable et affreux mardi 23 juin, je ne m'étais pas senti aussi pleinement présente à moi-même : le passé ne me pesait plus, l'avenir ne m'inquiétait pas.

Quel philtre utilisait chaque fois ce garnement pour m'ensorceler ?

— On est bien, non ?

— Oui, ai-je répondu, on est bien.

Sans tergiverser, pour une fois, stimulée par le délicieux *lambrusco secco* 2007 qui, servi frappé, coulait comme de la limonade, j'ai soulevé sa main gauche et glissé mes doigts entre les siens, jusqu'à ce que nos paumes se joignent.

— Arno, pourquoi ne dînez-vous pas plutôt avec des femmes de votre âge ?

— Parce qu'elles ont pas les moyens de m'inviter dans d'aussi bons restaurants.

Pour prix de sa vanne, le cynique a reçu la pointe de ma botte dans le tibia.

— Ouille !

— Une goujaterie : un coup de tatane, c'est le tarif. Ah, je ne vous avais pas prévenu ? Je suis confuse.

— Mais euh, je vous l'ai déjà dit..., a-t-il ronchonné en se penchant pour frotter son os endolori. J'arrive pas à m'intéresser à leurs histoires de mèches et de fringues.

Il crispait virilement les mâchoires, en attendant que les élancements s'estompent.

— Allons, allons, à d'autres... Vous savez bien que les filles sont souvent plus mûres que les garçons. Vous ne croyez pas plutôt que vous vous égarez dans une inconsciente recherche de votre mère ?

— Peut-être, j'en sais rien, je m'en fous... D'abord, c'est le principe, non ? Les êtres s'attirent en fonction de leurs malheurs passés, je crois bien.

Cette conception pour le moins inattendue m'a stupéfiée mais, comme j'étais pompette, j'ai jugé urgent d'en repousser l'étude à plus tard. Il a exploité en stratège cette minute de flottement.

— Je vous fais visiter mon palace ?

Après quelques secondes d'hésitation, j'ai lâché sa main pour réclamer la note au serveur en soupirant :

— Et pourquoi pas…

*

Je haletais encore, car l'ascension jusqu'à son sixième étage sans ascenseur, rue Crozatier, s'apparentait à une randonnée alpestre. Une planche posée sur deux tréteaux servait de bureau où s'entassait un inextricable fouillis, duquel surnageait son ordinateur portable, d'une taille gigantesque, disproportionnée à un espace si restreint. Une palette, un chevalet replié et une boîte de peintures à l'huile traînaient dans un coin mais, dans l'ensemble, il prenait soin de son intérieur. Il n'aérait pas assez la pièce, toutefois, si bien qu'il y régnait une persistante odeur de tabac et de renfermé, peut-être à cause des plaques électriques que, d'après l'épaisse couche de graisse qui s'y était accumulée, il récurait à l'huile de coude chaque trente-six du mois.

J'ai tendu l'oreille et perçu l'entêtante psalmodie du téléviseur d'à côté. Dès qu'on y prêtait attention, on n'entendait plus qu'elle.

— Je suis indiscrète, si je vous demande combien vous payez ?

— Quatre cent quatre-vingts.

Un instant, j'ai trouvé obscène de m'ébattre seule dans mes quatre-vingt-quinze mètres carrés où je n'avais jamais réussi à installer un homme, tandis qu'il se saignait pour habiter un pareil trou à rats. Jamais sans doute ce qu'Aznavour nommait jadis « la bohème » n'aurait constitué un tel luxe qu'en ce début de siècle.

— Vous arrivez à joindre les deux bouts ?

— C'est chaud, mais j'ai droit presque à trois cents euros d'APL. Avec ce que je gagne au Bar Bouillage, je m'en sors.

— Votre mère ne vous aide pas du tout ?

— Elle propose, souvent, mais j'aime pas trop la solliciter… Elle me fait ma lessive.

— Elle habite où, au fait ?

— Pas loin, à Saint-Mandé.

Je dramatisais, sans doute.

Après tout, j'en avais bouffé aussi, de la vache enragée…

Je ne changeais pas de jupe tous les jours, lorsque j'avais vingt ans.

Alors ?

Et puis, l'exemple de Charlotte n'incitait pas au défaitisme. Elle tirait avec flegme son épingle du jeu.

J'avais longtemps craint qu'un jour, notamment à l'adolescence, elle subirait le contrecoup de mes errances amoureuses et me les reprocherait, mais ce règlement de comptes ne s'était jamais produit.

« Une heureuse nature. »

Voilà l'expression qui me vient à l'esprit quand je songe à Charlotte. Il me plaît de croire qu'à cette foncière bonne humeur se mêle une part d'acquis, à laquelle je ne suis pas étrangère. Un magnifique instinct de conservation l'a poussée à imiter en moi ce qu'il y avait de meilleur et à se tourner vers des modèles plus appropriés là où, manifestement, je faillais.

Le fourbe avait minutieusement comploté, puisqu'il a débouché une bouteille de champagne qui refroidissait dans son antique Zanussi. Tandis qu'il remplissait deux flûtes en cristal, d'un coup d'œil, j'ai repéré sous le pied l'estampille fameuse.

— Dites donc, mais c'est du Baccarat ! On s'emmerde pas, chez Genic !

— C'est ma mère qui me les a achetées dans une brocante.

Nous avons trinqué.

Après un coup d'œil circulaire à sa chambre, une absence m'a frappée.

— Vous n'avez pas de disques ?

Il a fait un signe de dénégation puis désigné de l'index son énorme portable.

— Tout est là.

Il a enfoncé une touche de l'ordinateur en veille, qui s'est rallumé. Tandis qu'il explorait son disque dur afin d'y dénicher une musique adéquate, j'ai feuilleté quelques-uns de ses livres, qui recouvraient le pan supérieur du mur de droite. Il les cornait, contrairement à moi, et entourait au crayon les passages qui lui plaisaient. Les romans de Philip Roth étaient annotés toutes les cinq pages. J'ai remarqué qu'il prisait Sade, aussi. Moi, je n'avais lu, du célèbre marquis, que *La Phi-*

losophie dans le boudoir, quand j'étais au lycée. Je n'en avais conservé aucun souvenir, hormis celui d'une succession d'invraisemblables partouzes durant lesquelles des libertins échangeaient leurs théories politiques alambiquées. Je n'avais guère perçu, dans ce texte, l'aspect sulfureux que tout le monde prêtait à son auteur. Un moment, j'ai été tentée d'ouvrir un volume dont le titre m'intriguait : *Les 120 Journées de Sodome*.

Je l'ai laissé à sa place, entre *Justine* et *Juliette*, pour ne pas disséminer aux alentours les problèmes insolubles pour l'instant cantonnés sur ces rayonnages, si toutefois l'on pouvait nommer ainsi les méchantes planches en mélaminé, posées sur des équerres fixées à la cloison par un rudimentaire système de crémaillères inélégantes. J'ai fait quelques pas vers l'arrière, pour mieux évaluer si logerait sur le mur la magnifique bibliothèque Krossing à 1 020 euros dessinée par Roberto De Sabato, composée de soixante-quatre casiers d'identiques dimensions, que j'avais repérée au Conran Shop.

Et si je la lui offrais ?

En reculant, je l'ai heurté.

L'exiguïté des lieux ne laissait guère d'autre possibilité.

Il s'est collé à moi, dans mon dos, et m'a enlacée, alors qu'un morceau de musique électronique démarrait.

C'est moi qui ai tendu mes lèvres, cette fois – audace que j'attribue à Dionysos car, sans le divin *lambrusco*, je serais sans nul doute restée chaste, n'osant transgresser l'interdit tenace lié pour moi à notre différence d'âge.

Deux heures plus tard, tandis que je somnolais, rompue, sur le matelas défoncé du clic-clac, il m'a proposé de rester dormir, mais j'ai décliné l'offre et regagné mon antre, déboussolée, par les rues désertes de la nuit de novembre.

La migraine, rançon du mélange des deux vins pétillants, ne tarderait plus à poindre.

VIII

Une surprise a surgi pour conclure cette année au milieu de laquelle j'avais cru mourir de chagrin : le bonheur. Il se manifestait par intermittence, en la seule présence d'Arno, comme si son apparition m'immunisait contre mes démons.

Je ne me tracassais plus pour occuper mes week-ends, puisque nous les passions désormais ensemble. Il en écrasait jusqu'à des dix ou onze heures du matin, abandonné sur les vingt centimètres de mon fantastique Simmons double face à ressorts ensachés et à mémoire de forme. Ces grasses matinées confirmaient la conviction dont il n'avait jamais démordu, à savoir que ses insomnies ne résultaient pas d'une pathologie, mais de l'impossibilité de louer à Paris, pour moins de cinquante euros du mètre carré, une chambre de bonne où régnait du silence.

Adieu yaourts allégés et muesli bio, nous attaquions nos dimanches dans ma cuisine par des brunchs pantagruéliques composés d'œufs au bacon, de viennoiseries et de tartines beurrées d'où dégoulinait miel crémeux ou confiture de figues, festins arrosés de jus d'oranges pressées et de cafés *ristretto*. Puis, chaque semaine, Arno m'emmenait dans un nouveau musée dont, pour certains, j'ignorais jusqu'à l'existence : Jacquemart-André, Vie romantique, Marmottan. Il stationnait devant les tableaux, s'extasiait sur le talent des maîtres, dévoilant quelques-unes des singulières préoccupations qui l'habitaient.

— Je ne m'explique pas pourquoi Derain a placé ce trait noir, sous les seins, dit-il ainsi à l'Orangerie devant *Le Modèle blond*.

— Peut-être par souci de réalisme, pour ne pas dissimuler les bourrelets de la chair ?

— Mais non, non, parce que, regarde, ici par exemple, répondit-il en me tirant par la manche jusqu'au *Nu à la cruche*, exposé trois mètres plus loin, l'ombre n'est pas aussi marquée. Donc il y a bien une volonté derrière cette touche-*là*. On dirait une entaille au couteau, comme s'il avait voulu éventrer son modèle.

— Et toi, où en es-tu, dans tes projets ?

— J'avance, j'avance…

— Tu ne diras rien, hein ?

Il souriait.

— Rien du tout, même sous la torture !

Ensuite, bravant le froid et les intempéries, nous flânions dans Paris, au long des boulevards et des berges. Une fois, comme nous passions sur le quai de Montebello, j'avais suggéré que nous grimpions les tours de Notre-Dame, dès que le climat s'y prêterait mieux.

— Oh, oui, je l'ai jamais fait ! s'était-il écrié, avec cet enthousiasme adorable qui me changeait des grognements systématiques de PBCT – alias Petite Bite à Chaussettes Trouées. Je kifferais de jouer les Quasimodo avec toi !

Il m'avait fallu un instant pour décoder l'allusion. Après une hésitation, j'avais résolu de lui avouer que je connaissais *Notre-Dame de Paris* uniquement grâce au dessin animé des studios Disney, qui avait enchanté Charlotte.

— *Les Misérables*, comme c'est beau…, avais-je ajouté pour paraître moins ignare, dans l'espoir qu'il n'aurait pas lu ces mille huit cents pages qu'il m'avait fallu deux mois pour avaler, l'été de mes dix-huit ans, au prix d'un combat titanesque.

— C'est vrai, c'est grand, mais mon préféré d'Hugo ça reste quand même *L'homme qui rit*.

Bon.

Eh bien, dans ces cas-là, je parlais d'autre chose.

La culture, la culture, toujours la culture…

La barbe, à la fin !

Comme s'il n'y avait que la culture, dans la vie !

Je lui racontais, moi, que le LASEK, la plus récente technique chirurgicale, conçue en 1999, est également un traitement de surface, au même titre que la PRK ? Mais que l'épithélium, décollé à l'alcool, peut être replacé sur la surface de la cornée après l'opération laser ?

Non.

Étant donné d'ailleurs son avidité intellectuelle, je suis persuadée que le thème l'aurait passionné.

Oh, j'avais bien conscience de briser un tabou, en m'affichant dans les lieux publics au bras d'un gamin de vingt-deux ans mon cadet car, malgré notre décence, n'importe quel observateur distrait pouvait déduire la nature exacte des liens qui nous unissaient. À la réflexion, il ne me déplaisait pas de bousculer les idées reçues. Aurais-je été un homme que la question ne se serait pas posée. Au contraire, on m'aurait admiré, comme un séducteur fatal dans la pleine force de l'âge, toujours au faîte de sa puissance, malgré ses rides et son bedon, capable de ravir les plus désirables femelles du troupeau à la convoitise de ses nubiles, virils et concupiscents rivaux au summum de leur potentiel procréatif. Dans l'affaire Polanski, un élément n'avait apparemment frappé personne d'autre que moi : à cinquante-six ans, il avait épousé Emmanuelle Seigner, de trente-trois ans sa cadette. Si une femme s'était autorisé cette liberté, on aurait crié à la déviance, tandis que ces messieurs s'en trouvaient valorisés, eux. Dans ces conditions, mes réticences s'apparentaient peut-être au courage de qui, surmontant sa peur, ose affronter l'opprobre.

Jour après jour, je m'apercevais d'ailleurs que la jeunesse n'existe pas.

Arno différait tellement de Charlotte que je peinais à relever dans leurs personnalités respectives d'autre point commun qu'une proximité de naissance au calendrier. Lors de nos balades, il fulminait contre les Russes ou les Chinois qui, déversés par autocars entiers dans la capitale, mitraillaient les monuments avec leur Nikon.

« Ras le bol, de ces troupeaux, hein ! Vivement un attentat islamiste, qu'ils nous foutent la paix pendant six mois… »

Charlotte, quant à elle, retenue rue Sedaine cet été pour préparer son déménagement, déclarait : « J'adore Paris au mois d'août, y a plus que des touristes. Dans les bars, à Bastille, on entend toutes les langues du monde, c'est génial ! »

Pour terminer la journée, nous cherchions des brasseries désertes où nous geler côte à côte sous les braseros des terrasses, afin qu'Arno grille à loisir ses poumons en même temps que ses Camel, tandis que je couvais ma prochaine angine. Je glissais mon bras sous le sien et somnolais voluptueusement, bercée par les bavardages de mon énergumène.

— Je perds trop de temps sur Internet, c'est horrible. Avant j'arrivais à me contrôler mais depuis l'expansion du wi-fi, c'est devenu vraiment trop dur. Même sans payer d'abonnement, tu as moyen de surfer. Le réseau te traque où que tu sois, pour assurer son emprise sur ton cerveau comme aucun régime totalitaire n'avait réussi à le faire.

— Arno, tu sais ce que je préfère chez toi ?

— Dis voir ?

— Ton sens de la mesure.

— Mais si, j'ai raison. Par exemple, chez moi, j'ai un spot, je ne sais même pas qui c'est, peut-être une entreprise qui a laissé son réseau ouvert ou alors un adepte du libre, y en a comme ça, des enfants cachés de Michael Moore en guerre personnelle contre Microsoft ou Google, qui utilisent que Linux et Openoffice et autorisent n'importe quel clampin à se connecter sur leur box. Bravo, n'empêche que leur putain de wi-fi, il est là, disponible, quand tu bloques sur un boulot pas facile après ta septième insomnie de la semaine, en moins de deux secondes tu peux checker tes mails ou retourner pour la millième fois sur Facebook, résultat le soir t'es transformé en zombie, t'es naze mais t'as pas envie de dormir, t'as juste les nerfs à vif, au lieu de te coucher tôt comme t'avais décidé, tu te pieutes à deux heures du mat avec la télé du voisin en fond sonore, mais vu que tu as rien foutu de la journée forcément t'es pas fatigué alors tu te retapes une insomnie, le lendemain tu te lèves, et comme t'es crevé, tu fais rien de bon devant ton ordinateur, découragé au bout d'une heure tu te dis : « Tiens, et si j'checkais mes mails ? » Et la boucle est bouclée ! Je te jure, des fois, il faut une détermination hors pair pour pas craquer, y a quelque chose de diabolique là-dedans, à mon avis. L'être humain n'est pas conçu pour résister à des tentations pareilles, cette saleté de wi-fi te poursuit partout, partout, « des réseaux sans fil ont été détectés », ils ont même installé des bornes dans les jardins publics, avec des panonceaux « accès wi-fi » qui signifient : « Viens te défoncer gratos, mec, tu verras, c'est *trop d'la balle.* »

— Oui, ou alors on rend service à des étudiants étrangers fauchés qui sont heureux de communiquer avec leur famille sans dépenser un centime...

— Oui, peut-être, mais moi je me sens comme un toxico qu'on obligerait à stocker de l'héro chez lui pendant sa cure. « Bon voilà, je vous la pose là, hein. C'est de l'afghane, made in taliban, de la superpure qui vous envoie au ciel. Avec ça, vous allez vous offrir un trip, mais alors, le truc *surpuissant* ! Je vous rappelle également que vous êtes ici pour vous sevrer d'une drogue qui vous conduira vers la mort à brève échéance, si vous y retouchez. »

À la longue, je renonçais à interrompre ces monologues, qui avançaient comme des rouleaux compresseurs aplatissant toute objection.

— Bien sûr, on te dira qu'il suffit de désactiver ta carte réseau dans le panneau de configuration, mais cette modification dépend toujours de ta volonté, qui demeure sans arrêt sollicitée. Alors moi, j'ai désinstallé la carte wi-fi de mon PC, carrément. Je l'ai ouvert et je l'ai amputé, schlac ! Sans anesthésie. Comme le baron Larrey sur les soldats de la Grande Armée : un morceau de bois entre les dents, deux rasades de gnôle, et paf, en un tournemain, jambe sectionnée au niveau du genou. Une horreur. Il a hurlé le pauvre, il m'a supplié, mais j'ai tenu bon. Y a des forums maintenant, sur la Toile : « Bonjour, j'ai subi l'ablation de mon wi-fi, j'aimerais échanger mon ressenti avec d'autres ordinateurs ayant vécu un traumatisme similaire, afin de mener une action conjointe pour que la justice reconnaisse enfin mon statut de victime et que je puisse entamer mon travail de deuil. »

Où pêchait-il ces élucubrations ?

Mystère.

Je m'en fichais.

J'aurais pu l'écouter parler des heures, calée au creux de son épaule.

« De toute façon, maintenant, avec les smartphones, Internet est dans ta poche, alors... Je suis mal barré. »

Comme il ne se lavait pas le dimanche, il dégageait de puissants effluves corporels, sans que j'en éprouve le moindre dégoût. Même, j'aimais l'odeur de sa sueur. Étrangement, elle me rassurait. Était-il concevable de vivre les moments les plus sereins d'une vie de femme à quarante-deux ans, en compagnie d'un post-adolescent surdoué, qui m'imaginait trois ans plus jeune que je ne l'étais en réalité ?

Ou bien étais-je folle, tellement paumée que je ne prenais même plus conscience de ma dérive ? Parce que, même si le mariage et la famille ne se portaient certes pas comme des charmes, je demeurais plutôt traditionaliste. Bâtir un couple obéissant au schéma classique, comme l'avaient fait Soizic et Lucas ou Erwan et Fanny, m'aurait convenu. Seulement, on ne déniche pas l'homme de sa vie à quarante-deux ans. Il est trop tard, la saison des amours est passée.

Je craignais le jour prochain où j'allais émerger de mon coma affectif et me demander horrifiée, en contemplant l'immensité morne des années perdues : « Qu'as-tu fait de ta jeunesse ? Elle est derrière toi, maintenant, et tu ne t'en es même pas rendu compte. »

— Nathalie ?

— Oui, Arno ?

— Je peux te poser une question indiscrète ?

— Essaie toujours.

— Tu t'es déjà tapé un patient dans ton cabinet ?

— Non.

— Tu n'as jamais eu envie ?

— Non. Je connais des collègues masculins qui le font mais, du point de vue de la déontologie, je réprouve ces pratiques.

— Ah bon, pourquoi ?

— C'est une violation du serment d'Hippocrate, je trouve.

Il a réfléchi.

— Ah oui… Tu vois, j'y avais pas pensé. Cet interdit t'honore. C'est une preuve de rectitude morale.

Il avala une longue bouffée dont, en trois expirations égales, il évacua ensuite vers le ciel la fumée, qui se confondit peu à peu avec la buée de son souffle.

— Je peux te reposer une question indiscrète ?

— Vas-y, tu verras bien. La première ne l'était pas tant que ça.

— Tu n'as jamais eu envie d'avoir un autre enfant ?

J'ai reçu un coup au cœur. La détestable impression que ma fêlure la mieux dissimulée lui avait sauté aux yeux m'a humiliée.

— Si. C'était clairement le but, avec Alain. C'est aussi pourquoi son double jeu a été si douloureux : nous n'avions pas le même projet, lui et moi.

— Il en a pas, lui ?

— Si, deux.

J'ai attendu un moment avant d'ajouter :

— Je ne dois plus tarder, maintenant. L'horloge biologique tourne...

J'avais employé l'expression avec l'espoir qu'Arno modérerait mon tourment, lui qui tâchait toujours d'offrir à ses interlocuteurs des mots qui leur allégeraient le cœur. Or il a baissé la tête et sombré dans le mutisme : l'inexorable défilement des minutes, les premiers signaux de la vieillesse, la dilapidation des jours en absurdes angoisses, mon magicien de vingt années n'y voyait aucun remède.

— Au fait, c'est quand, ton anniversaire ? s'est-il enjoué, pour chasser les spectres.

— C'est vraiment important ?

— Comment je ferai pour te le souhaiter, si je ne connais pas ta date de naissance ?

— Tu sais, passé un certain âge, on évite de fêter son anniversaire… Je suis du 9 avril.

Pour n'éveiller dans son esprit aucune illusion, je me suis gardée de lui retourner ce poncif du discours amoureux, au détriment duquel j'ai proféré celui-ci :

— C'était à quel âge, ta première fois ?

— Treize ans.

— *Treize ans ?*

— Oui, treize ans.

Treize ans !

Et moi qui avais patienté jusqu'à ma majorité…

— Et la fille, elle avait quel âge ?

— Sept de plus, vingt ans.

Évidemment.

Il avait dû, comme à moi, lui déballer le grand jeu : l'écoute attentive, l'extorsion des confidences, la subjugation imparable.

— C'était qui ?

— Ma mono, pendant un stage de canyoning. Mais tu vois, c'est trop tôt, treize ans. Si c'était à refaire, j'attendrais un peu.

— Elle était belle ?

— Oui, canon, franchement. J'ai eu du pot.

— Tu sais, Arno, je crois que la chance n'a pas grand-chose à voir là-dedans…

— Après, au lycée, a-t-il repris sans relever ma remarque, j'ai couché avec pas mal d'Arabes, parce que les reconstructions d'hymen commençaient à se répandre.

Cette manière d'énoncer ces allusions obscènes avec une précision clinique me révulsait. Nous étions certes du même siècle, mais une génération nous séparait bel et bien.

— C'est mes yeux, je crois, tu sais les Blacks, ils adorent les blondes, parce qu'on est souvent attiré par son opposé. Je crois que c'est pareil pour les Rebeus, elles kiffent les yeux bleus. Quoique pas mal de Kabyles soient blonds aux yeux bleus. En plus, y a plein de Beurettes qui sont dégoûtées par la misogynie des Arabes. Le côté, « je baise tout ce qui bouge jusqu'à quarante piges avant de retourner au bled me choisir une vierge de vingt balais », elles bloquent un peu. En même temps, il convient de nuancer, comme toujours. J'ai pas mal de potes rebeus qui se maquent avec des Françaises pour échapper au poids des traditions.

— Tu en as eu beaucoup, des filles ?

— Je sais pas, j'ai jamais compté.

— À peu près ?

— Je sais pas, je te dis.

— Allez, fais un effort…

— Bah, à vue de nez, je dirais… entre vingt-cinq et trente.

— *Trente ?*

— Oui, par là, mais je mettrais pas ma main au feu.

— Obsédé, va !

Il ne s'attendait pas à ce que je lui administre dans le ventre ce coup de coude, qui lui a coupé le souffle.

— Aïeheu, mais t'es folle ! Déjà à l'Enoteca, et maintenant tu récidives ! Je vais appeler le numéro vert, moi, si ça continue ! La violence, si tu te tais, elle te tue.

— Ça t'apprendra !

— Mais ça m'apprendra à quoi ? hoqueta-t-il, tordu de douleur.

— D'avoir déjà eu à vingt ans plus d'aventures que moi !

J'avais failli ajouter « à quarante-deux » mais je m'étais rattrapée *in extremis*. Bientôt, il faudrait lui dévoiler le pot aux roses, ou alors le quitter. Seulement, le quitter, je ne voyais pas comment j'allais y parvenir. Un à un, je plantais jour après jour autour de moi les barreaux de ma propre prison.

Il a éclaté de rire puis enfoui son nez dans le cachemire de mon manteau.

— Nathalie ? a-t-il chuchoté après une longue inspiration.

— Oui, Arno.

— Je peux te poser une troisième question indiscrète ?

— Mais oui, continue, tu m'amuses.

— Je me sens protégé de tout, quand je sens ton odeur. J'ai l'impression qu'il ne peut plus rien m'arriver, pourquoi ?

J'ai souri, sans lui avouer que j'avais ressenti une impression assez identique, quelques minutes auparavant.

— Je l'ignore, mon ange…, ai-je gravement répondu.

J'ai caressé sa joue, de la pommette au menton, où j'ai laissé ma paume, en conque.

— Sincèrement, je l'ignore.

IX

Après des semaines de folle impatience, ma félicité a culminé le vendredi 18 décembre, à Roissy, au moment exact où je l'ai aperçue, en jean Diesel et Converse fuchsia. Devant les tapis roulants où bringuebalaient ses valises, elle poireautait en tapotant le clavier de son iPhone avec une phénoménale agilité du pouce, comme n'importe quelle autre *connected woman* sur la Terre, alors qu'elle seule est merveilleuse.

Une fois parvenue à ce paroxysme, un peu comme, chaque 21 juin, la perspective de perdre quotidiennement plusieurs minutes d'ensoleillement jusqu'au prochain solstice ternit en mon sein l'avènement de l'été, mon allégresse allait progressivement décroître, remplacée d'abord par l'appréhension, puis par une franche angoisse à mesure qu'approcherait l'heure du départ, fixée au lundi 4 janvier à 12 h 55.

Après cinq minutes d'effusions larmoyantes et un quart d'heure d'attente à la borne, une fois dans le taxi, Charlotte a demandé :

— Au fait, maman, tu pourras me virer cinq cents euros, s'il te plaît ?

— Encore ? Mais c'est pas croyable, tu jettes l'argent par les fenêtres ou quoi !

— Mais non, mais je suis tombée sur un sac Chloé, sur ebay, je pouvais pas le laisser passer.

— Et combien ça t'a coûté, cette petite lubie ?

— Quatre cents.

— Dollars ?

— Non, euros.

— *Quatre cents euros !?*

— Bah oui, quatre cents euros !

— Mais c'est hors de prix !

— Mais maman, tu rigoles ? Pour le Paraty de chez Chloé, c'est peanuts.

— C'est peut-être peanuts, mais ça fait quand même deux mille six cents francs. Je t'assure qu'à ton âge, je n'avais pas les moyens de dépenser des sommes aussi astronomiques dans un sac, Chloé ou pas.

— Maman, tout coûte cher, aujourd'hui. On n'y peut rien, il faut s'adapter. Tu sais, je me suis aussi orientée vers le green business parce que c'est un marché porteur, pas uniquement pour préserver la planète. Je veux faire de l'argent, moi.

Je ne sais qui lui avait transmis pareille ambition. Certainement pas sa mère en tout cas, car je n'avais jamais professé devant elle pareil utilitarisme.

— Moi, ai-je dit attristée, en regardant les banlieues grisâtres traversées par l'A1, il me semble que je garderai toujours présente à l'esprit la valeur des choses. Peut-être parce que j'ai été pauvre…

Une œillade à Charlotte m'ayant suffi à renouer avec la jovialité, j'ai ajouté :

— De toute façon, mon vice préféré dans les soirées, c'est de me pointer, devant des nanas qui se ruinent chez Dior ou Balenciaga, avec une robe qui me va mieux que les leurs. En général, comme elles n'ont aucune éducation, elles me demandent où et combien je l'ai achetée, alors je réponds : « Chez Monoprix, cinquante euros. Elle est chouette, non ? » Et là, elles écument de rage. J'adore !

Dans les yeux de ma fille, je me suis soudain métamorphosée en déesse.

— C'est vrai maman que t'as la classe. C'est pas moi qui te dirai le contraire.

— C'est vrai, maman, que *tu* as la classe. *Ce n*'est pas moi qui te dirai le contraire…

— C'est vrai, maman, que tu as la classe. Je ne peux pas dire le contraire.

— C'est bien, ma fille. Une bonne expression orale est primordiale, parce qu'elle permet d'établir une distance avec ton interlocuteur, quel qu'il soit.

— Oui, maman. Je sais, maman. Tu me l'as déjà dit, maman.

En serrant sa main, j'ai songé que le soin que je portais à mon expression orale n'avait pas empêché Alain le neuneu de me rouler dans la farine.

— Vous êtes bronzée, vous arrivez d'où ? a demandé le chauffeur, sans qu'on sache quelle mouche le piquait, puisqu'il nous avait ignorées jusque-là.

— Los Angeles.

— Ah, c'est fini les vacances, alors ? Pas trop triste ?

— Non, elles commencent, je vis là-bas.

— Ah ouaiiis ! Okaaay… Et c'est bien les States ? Je kifferais d'habiter là-bas.

— Oui, c'est bien. Je m'y plais beaucoup.

— Vous avez voyagé avec quelle compagnie ?

— Air France.

— Ah ouais, mais c'est cher ça, Air France ! Moi je prends plus que des compagnies holocaustes, genre Ryanair ou Easyjet, voilà quoi, sinon on s'ruine.

— Ce type de prestation n'existe pas sur les long-courriers.

Dans son rétroviseur, le type a scruté Charlotte, comme s'il cherchait à décrypter sur sa physionomie le sens ésotérique de ses paroles.

— Ah bon ? Ah, d'accord… Mais quand même, c'est pratique, les compagnies holocaustes.

Une fois rue Sedaine, il a déchargé les trois bagages de sa Volkswagen, mais je ne lui ai rien laissé parce qu'il m'avait agacée en téléphonant avec son kit mains libres pendant la totalité du trajet sur l'autoroute. Dès que sa portière a claqué, je me suis tournée vers Charlotte.

— Tu as entendu ce qu'il a dit ?

— Comment ça, ce qu'il a dit ?

— Tu n'as pas entendu, il a prononcé « compagnie holocauste », au lieu de « compagnie low cost » ?!

— Ah bon ?

— Mais oui, tu n'as pas fait gaffe ?

— Ah bah non, tu vois, j'ai pas capté.

— Compagnies holocaustes…

J'ai empoigné l'anse de son sac Vuitton.

— Les nazis ont tout inventé, finalement !

— Haaan, maman, ça se fait pas, de rigoler avec ça.

— Mais si, mais si ! Avec eux, le voyage était tellement au low cost qu'il était même gratuit ! Par contre, ils ne proposaient que des allers simples vers l'Europe de l'Est, dans des conditions de confort extrêmement sommaires.

— Mais, maman, arrête, t'es gore !

— Ni sandwichs ni rafraîchissements, même avec un supplément. Et pas moyen d'aller aux toilettes !

Charlotte a tiré la poignée rétractable de sa valise orange qu'elle a inclinée de manière à en poser les roulettes au sol, avant d'affirmer :

— Non, maman, non, tu vois, là, tu me fais pas rire.

— Oh, ça va, si on ne peut plus plaisanter, hein… Ils t'ont déjà inoculé leur politiquement correct, les Yankees, ou quoi ?

— Ah, voilà ! Ça commence, l'antiaméricanisme primaire… Pourtant je t'assure que les Français auraient des leçons à prendre, là-bas. Ils ont le sourire, eux, au moins. J'en peux déjà plus, de voir tous ces Parigots qui tirent la gueule, depuis que j'ai atterri.

Moi aussi, j'ai atterri, et en catastrophe, encore, dégrisée par l'expression de cette lassitude, qui sonnait comme un avertissement. Oui, au lieu de cultiver notre morosité et de toiser nos visiteurs internationaux du haut de notre condescendance légendaire, il urgeait réellement que tous ensemble, en fonction de nos capacités respectives, les petits ruisseaux formant les grandes rivières, douze millions de Franciliens et bibi apportions chacun notre minime contribution pour présenter de la région une image plus attractive, sans quoi la sanction nous pendait au nez : Charlotte Valère s'expatrierait définitivement.

*

J'avais fermé le cabinet afin de me rendre disponible pendant ces quinze jours, mais je me suis aperçue que j'allais passer le plus clair de mes congés à languir, puisque la fugitive profitait de son court séjour parisien pour croiser le plus d'amis possible. Le 24 décembre, nous n'avons néanmoins pas dérogé à notre annuelle migration vers Nantes, pour réveillonner chez Thierry avec maman et les cousins. C'est d'ailleurs dans le TGV que Charlotte a prononcé pour la première fois le prénom d'Alex, son amoureux, un Californien certifié conforme, un « *tough guy* », agent d'acteurs, qui logeait à Marina del Rey dans « un pur appart, avec des escaliers menant à la plage ».

— On se croirait dans *Santa Barbara*, je te jure ! La nuit, on entend les rouleaux, c'est mortel. Il faisait vingt degrés quand je suis partie, on peut se baigner presque toute l'année !

Ils couraient chaque dimanche le long du Pacifique, sur la langue de sable durci par la vague, parmi les nuées d'oiseaux, les sportifs musculeux et les folkloriques skaters, jusqu'à Malibu Beach. Au retour, ils déjeunaient à Venice, au milieu des touristes agglutinés autour des magasins de teeshirts à trois dollars et des boutiques de piercing.

J'essayais de me réjouir pour elle, mais enfin, cette fois, j'en prenais acte, elle m'échappait pour de bon. Elle s'élançait vers ses plus belles années tandis que j'attaquais la deuxième partie de ma vie, pas forcément la plus réjouissante, même si l'éclatante beauté d'une Sophie Marceau m'incitait un peu à l'optimisme. Charlotte allait réussir là où j'avais toujours échoué : pérenniser un couple, fonder une famille. Au début, elle surjouait pour atténuer le pathétique de ce symbolique passage de témoin mais, au bout de quelques minutes, elle a flanché.

— Et toi, maman, tu n'as rencontré personne ?

J'ai secoué la tête, négativement.

L'idée de lui parler de ma foucade pour un garçon plus jeune qu'elle ne m'a pas traversé l'esprit : être considérée comme une « *cougar* » en chaleur par ma propre fille, très peu pour moi. Avant de voir Arno désormais, je me jurais de lui révéler mon âge, mais, par paresse, par lâcheté, et parce qu'au fond je n'en ressentais pas de nécessité puisque je ne construirais rien avec lui, j'ajournais chaque fois l'épreuve des aveux.

— Maman… Il faut que tu l'oublies, maintenant.

Elle a écrasé ma main dans la sienne.

— Je voudrais tellement que tu sois heureuse. Tu peux pas t'imaginer ce que je serais capable de faire pour ça…

Ses yeux brillaient. Deux perles ont grossi au bord inférieur de ses paupières, s'alourdissant tellement qu'elles ont formé le long de ses joues un double filet rectiligne, tandis que pas un muscle de son visage ne bougeait.

Du coup, notre Noël familial a manqué d'entrain.

Le 31 décembre, en revanche, il en a été fort différemment.

J'ai passé à quarante-deux ans, autour d'une mousse d'avocat au saumon fumé suivie d'un civet de biche aux marrons arrosés de Roederer, dans une chambre de bonne du XIIe arrondissement où une étoile montante du marché de l'art avait passé son après-midi aux fourneaux, une des plus mémorables Saint-Sylvestre de mon existence.

X

Mon portable a vibré alors que je rédigeais un texto. Je me suis dépêchée de l'envoyer, pressée de connaître l'identité du généreux correspondant qui me souhaitait ses vœux, en espérant qu'il ne s'agirait pas du service promotionnel d'Orange, sans quoi la déception serait amère.

« Un excellent cru 2010, Nathalie. J'ai deux places pour l'avant-première du prochain Isabelle Carré, ce soir. 20 h 30 à Beaubourg, ça te dit ? »

Mon cœur a cabriolé, car j'aurais tout présagé sauf cette subite résurrection de Lucas qui faisait le mort depuis plusieurs mois, accaparé par son extase conjugale et par son agence. Comme je n'avais rien, ce soir-là, cette aubaine m'épargnait trois ou quatre heures de réclusion domestique dont la perspective m'effrayait à un point tel que je m'apprêtais à lancer un SOS en direction de la rue Crozatier. La veille, en effet, après ma navette matinale à Roissy et malgré un après-midi actif au cabinet, la tourmente provoquée par le retour rue Sedaine, où l'absence de Charlotte emplissait tout l'espace, avait dépassé mes plus pessimistes prédictions.

« Merci Lucas, bonne année à toi aussi. Avec plaisir, j'y serai vers 20 h 15, ça te va ? »

« OK »

En arrivant devant le Centre Pompidou, j'ai tâché de repérer le traditionnel essaim de branchés qui rôdent autour de chaque événement culturel, à l'instar d'une nuée de goélands piaillant derrière un chalutier au moment où les pêcheurs remontent leurs filets, mais l'esplanade était déserte. En ce mardi, jour de fermeture du musée, peut-être accédait-on aux salles par l'entrée de la bibliothèque, de l'autre côté du bâtiment ?

Je me suis remise en marche.

Devant la fontaine de Niki de Saint-Phalle, deux *fashion victims* se hâtaient, bras dessus, bras dessous.

— Y a qu'des tarées comme nous pour traîner dehors par moins cinquante ! s'est exclamée l'une d'elles, au moment où je les croisais.

Sa boutade m'a fait l'effet d'une marque d'hostilité à mon encontre.

Comme si je n'existais pas !

Comme si, justement, la réalité ne démentait pas ses propos !

Probablement par déformation professionnelle, je me suis demandé si notre société n'était pas en train de fabriquer des individus tellement autocentrés que leur système oculaire s'adaptait peu à peu pour ne plus discerner alentour que ceux de leurs congénères aptes à leur apporter un bénéfice matériel quelconque, comme d'autres animaux voient dans l'obscurité ou ont, au contraire, pour compenser leur quasi-cécité, développé des instruments alternatifs de repérage grâce à la réflexion des ondes sonores dans l'espace.

Une autre explication m'est toutefois venue à l'esprit, plus préoccupante, car plus plausible, que la précédente : en plus de tendances dépressives chroniques, j'étais affligée de bouffées paranoïaques.

Ou alors les deux supputations se vérifiaient-elles simultanément ?

Peut-être que nous perdions toutes les trois la boule ?

Je ne sais plus où sur la Toile, un site consacré à l'hypnose ericksonienne s'alarmait de la progression des pathologies mentales frappant les pays développés. Ainsi, selon une enquête ayant comparé deux cohortes de jeunes gens des années 1950 et 1990, le degré moyen d'anxiété avait doublé, durant cette période.

« Le niveau atteint par le second groupe aurait été considéré comme relevant de la psychiatrie dans les années cinquante ! » concluaient les auteurs de la recension.

À ce rythme-là, nos démocraties occidentales allaient chaque jour se peupler d'un peu plus de fous, qui s'adresseraient à des fous dans un langage de fous, tandis que des sains d'esprit de plus en plus minoritaires passeraient pour des fous aux yeux des fous.

Devant l'entrée du personnel, j'ai aperçu un vigile frigorifié.

— Excusez-moi, ai-je demandé sans franchir le portique de sécurité, c'est bien ce soir l'avant-première ?

— Oui, c'est ce soir.

Je pensais qu'il allait m'orienter vers l'entrée du public mais il a dit, en appuyant sa proposition d'un éloquent sourire :

— Passez par là, ce sera plus simple.

Les regards qui se posaient encore si souvent sur moi dans la rue attestaient que ma piètre estime de moi-même ne correspondait à rien de réel. Si je ne me fiais plus du tout à mon propre jugement, je m'en remettais en revanche totalement à celui des passants. Malheureusement, je ne parvenais pas à déchiffrer cette vérité que reflétaient les yeux des autres.

— Vous savez où c'est ?

— Oui, merci.

J'ai descendu les escaliers puis traversé l'immense hall. Le parcourir ainsi désert pour la première fois de ma vie me procurait une sensation de clandestinité qui, mêlée à l'orgueil d'appartenir aux *happy few* invités ce soir, m'émoustillait. Devant la salle 1, une jeune femme attendait, pendue au téléphone.

« Je suis à l'intérieur, je t'attends devant l'entrée. »

J'envoyais ce texto à Lucas au moment où un type s'approchait avec, serré sous l'aisselle, un rouleau qu'il a entrepris de coller sur la paroi en verre séparant le cinéma de la bibliothèque.

Il pestait parce que la gomme qu'il avait déposée aux quatre coins du papier glacé n'adhérait pas à la surface lisse, si bien que l'affiche s'enroulait incessamment sur elle-même. Après qu'il y a eu rajouté, au verso, deux ou trois boulettes de Patafix, j'en ai enfin découvert le recto.

Le film que nous allions voir s'appelait *Le Refuge*.

Au bord d'une mer agitée, tête inclinée vers le sol, Isabelle Carré marchait pieds nus, absorbée par de mélancoliques pensées. Autour d'elle voltigeaient des gerbes d'écume. Un troupeau de cotonneux cumulus stagnait à l'horizon. Pourtant, on ne remarquait pas ces éléments de prime abord, non, ce qui frappait d'emblée, c'était les deux mains de l'actrice posées, en un geste protecteur, sur son ventre gonflé de future mère approchant de l'accouchement.

Une bonne leçon pour l'avenir, au fond.

Au lieu d'engloutir en quatrième vitesse, rue des Rosiers, un falafel désastreux pour ma ligne, j'aurais pu décongeler la fricassée de Saint-Jacques à l'émincé de poireaux que j'avais surgelée le soir où Charlotte m'avait avertie, vers 19 h 30, qu'elle ne dînerait pas à la maison parce que Marion, *trop contente* d'écouter les potins californiens, la séquestrait aux Lilas. J'aurais savouré ensuite, plaid enroulé douillettement autour des mollets, un génial plateau-télé devant M6. Super-Nanny va s'occuper de la petite Marwa. Du haut de ses six ans, la fillette dirige tout dans la maisonnée… Marwa va vraiment donner du fil à retordre à Super-Nanny. Cette dernière n'aurait jamais pu imaginer la difficulté de sa mission… Ce soir, pour l'une des rares fois de sa carrière, Cathy va être déstabilisée.

Je l'avais lu dans *Métro*, tout à l'heure dans le métro.

Et stupidement, parce que je m'étais jetée sur l'invitation de Lucas comme la misère sur le monde, sans prendre la précaution élémentaire de me renseigner sur ce film dont le résumé devait traîner quelque part sur la Toile, j'allais rater ce morceau de bravoure où Super-Nanny va *mater* Marwa, où elle va la plier. Lui montrer, une bonne fois pour toutes, *qui* commande dans la maisonnée, papa, maman ou Marwa ? Non, non, non, ce n'est pas Marwa qui commande, ce n'est *plus* Marwa.

C'est Super-Nanny.

Oh, provisoirement, bien sûr, car Super-Nanny n'entend pas se substituer à papa ni à maman, Super-Nanny n'a rien d'une usurpatrice, malgré un Audimat au top elle n'a pas chopé la grosse tête, elle joue plutôt le rôle d'humble passeuse, se contentant d'actualiser quelques fondamentaux pédagogiques, dans une démarche désintéressée, pour aider papa et maman à souffler quelques semaines, parce que Marwa, hein, quand elle s'y met, elle est, mais alors… infernale ! Claqués, flapis, sur les rotules, elle les laisse, ces deux branques qui n'ont que ce qu'ils méritent avec leur tyran du cours préparatoire parce qu'on n'a pas idée d'affubler son rejeton d'un prénom aussi *immonde* !

D'abord on dit Marva ou Maroua ?

Tu croyais, Marwa, que les simagrées allaient durer *ad vitam æternam* ? Et que je dérange tout l'autobus en faisant des tourniquets agrippée à la barre de maintien centrale, et que je rends maboul mon voisin du dessous avec mes cavalcades dans le couloir, et que j'exige *telle* marque de céréales dans mon bol de Nesquik sinon je ne mange rien le matin, et que je pique ma colère si on me refuse un Ipod, non mais ! Et en plus, tu réponds à la maîtresse ?! Et les doigts dans le nez, c'est raffiné, peut-être ?

Mmmmh ?

Marwa.

Franchement ?

Quelque chose cloche dans ta caboche, Marwa, tu le perçois confusément, tu n'es pas heureuse dans ta vie de tous les jours. Tranquillise-toi, Super-Nanny vient d'arriver, peu à peu, avec sa discipline spartiate, les idées s'agenceront mieux dans ton cerveau, tu vas retrouver des repères. Bientôt Harmonie et Concorde à nouveau régneront au logis. Alors, son devoir accompli, Super-Nanny s'effacera sur la pointe de ses escarpins afin de ne pas troubler la quiétude restaurée, attristée en secret d'être cantonnée à cette tâche ingrate par le producteur de l'émission, un preux droit dans ses bottes, qui fait œuvre de salubrité publique et soulagerait la douleur de n'importe quelle éplorée en mal d'enfant, en montrant *preuves à l'appui* en quoi consiste l'éducation de ces atrophiés du cerveau geignards mais vindicatifs qui n'abandonnent leur Wii que pour tripoter l'écran tactile de leur téléphone. Super-Nanny déguste, en vérité. Elle se ramasse en pleine poire plusieurs décennies de permissivité tous azimuts. Et derrière son aspect revêche, sous cette apparence factice et trop lisse pour qu'on ne l'assimile pas à une carapace, se cache selon toute vraisemblance une écorchée. Que devient Cathy quand les projecteurs s'éteignent, quand les caméras se détournent, qu'elle retire ses lunettes rectangulaires et dénoue, assez lasse, ses cheveux blonds tirés en chign…

— Alors c'est ça qu'on va voir ? a demandé Lucas, mal à l'aise, en désignant l'affiche.

— Faut croire.

— D'accord… Le pitch était pas mentionné, sur le carton.

Cette justification m'a mortifiée.

Nous arrivions parmi les premiers, aussi avons-nous pu choisir deux places bien situées, au milieu des travées.

Comme le réalisateur devait dans les semaines suivantes largement s'en ouvrir aux médias, il avait construit ce film autour du corps de son actrice, dont la grossesse le fascinait, lui qui, en tant qu'homme, ne serait jamais « enceint ». Dans la scène du bain, aucun détail naturaliste des mutations physiologiques d'un corps en gestation n'est ignoré. Seul le ventre d'Isabelle Carré émerge de l'eau savonneuse, à travers laquelle on distingue les seins gonflés et les aréoles pigmentées.

Ou alors, un bébé toute seule ?

Peut-être faut-il s'y résoudre ?

Steph s'y est bien résolue, elle.

« De toute façon, je t'assure, les mecs, au quotidien, ils servent à rien. Toi et moi on gagne assez de pognon pour plus avoir à se faire chier avec la vie de couple. »

Mouais.

Elle répétait ce credo, à l'époque.

Elle m'avait presque convaincue.

N'empêche qu'elle passe sa vie sur Meetic, à présent. Elle devient gourmande. Il lui faut la stabilité affective, en plus de l'enfant, et pourquoi pas un deuxième, maintenant qu'elle y a goûté, à la maternité.

Du coup, elle a un petit métis, et alors ?

Ils sont les plus beaux, les métis.

« Je te jure, Nath, je l'avais prévenu : “Je prends plus la pilule, si je tombe enceinte, je le garde.” Faut reconnaître, les Africains sont vachement moins regardants là-dessus, Julie qui revient d'un séjour humanitaire au Mali avec l'ONG “Généralistes du cœur” ou je sais plus trop quoi, elle en revenait pas, au dispensaire les femmes lui répétaient : “Certains hommes ont neuf ou dix enfants, de trois ou quatre mères différentes, au bout d'un moment ils savent même plus lesquels sont à eux !”

Et puis alors Nath, un principe : plus de capote chez toi. Tomber enceinte ça passe aussi par là. Positive attitude dans la tête, chaque matin on se regarde dans la glace et on y croit : “*Yesss*, tout peut changer aujourd’hui”, plus de pilule évidemment, mais surtout *abolition de la capote*. Et là tu mets toutes les chances de ton côté. Il faut créer les conditions de l’accident, tu me suis ? Une fois qu’il est en rut, un mâle est pratiquement incapable de pas décharger, j’ai rencontré des contre-exemples, bien sûr, mais c’est vraiment une minorité, dans la plupart des cas le mec en érection *veut* gicler, sachant que le risque de choper le sida est quand même infime, je dis pas qu’il existe pas mais, en menant une enquête préliminaire un peu sérieuse, le jeu en vaut la chandelle. Moi, avec Joshua, j’ai eu du pot, il était marié, notre liaison a duré plusieurs mois, donc l’échange de tests a eu lieu, c’est vrai qu’il couchait peut-être ailleurs m’enfin qui ne tente rien n’a rien, et je te le répète, je l’avais averti, s’il s’en fout des conséquences, c’est son problème, pas le mien. Donc, voilà, le mec *en peut plus*, tu l’as bien excité, question de technique buccale, je te fais pas un dessin, il finit par te supplier, ce qui tombe très très bien car tu tiens justement à sa disposition un accueillant orifice humide, et une fois réunies ces conditions idéales, alors là hein, merci Jésus, laissez venir à moi les petits enfants ! »

Et voilà, Steph éclate de rire.

Toujours de bonne humeur, Steph, contrairement à ces gens qui vous détaillent au moindre prétexte leurs fétides culs-de-sac existentiels, comme si les emmerdements n'étaient pas la chose la mieux partagée du monde… On ne peut pas lui retirer cette qualité, mais elle ne comprend pas à quel point la crudité de son vocabulaire, ajoutée à sa conception pour le moins accablante des relations entre les sexes, heurtent certaines sensibilités.

« Y a la solution de coucher avec un pote pédé, aussi. Mais l'inconvénient, c'est qu'après, c'est votre enfant à tous les deux, tu t'engages à vie dans une relation encombrante avec un père qui l'est pas complètement, ce qui n'est pas souhaitable pour l'équilibre affectif du gamin. Au bout du compte, c'est ça qu'il faut jamais perdre de vue : l'intérêt supérieur de l'enfant. »

Comment se débrouille-t-elle pour conserver son tonus intact, mystère. Son job n'y est pour rien, en tout cas, parce que… documentaliste en entreprise, rien de folichon, hein…

Les lumières se sont rallumées, enfin.

Selon les conseils du prof de gym suédoise, j'ai effectué, pour me calmer, quelques exercices de respiration abdominale, afin d'éliminer « les tensions intercostales qui surgissent lors de toute situation de stress ». Il faudrait que je retourne à la piscine, aussi. Et que j'aille transpirer plus régulièrement au Waou Club, histoire de dissiper un peu l'impression d'avoir jeté par la fenêtre les huit cents euros de cotisation.

Suivait un débat, animé par un journaliste, avec les acteurs et le réalisateur, mais Lucas n'a pas souhaité y assister, probablement par charité envers moi. Comme nous sortions du Centre Pompidou, un chauve barbu, vêtu d'un tutu rose et de collants assortis, s'est approché de nous.

— Ah, Lucas, t'étais là, je t'avais pas vu !

Réellement, sa popularité m'épatera toujours.

— Alors, ça t'a plu ?

— C'est pas mal, ouais. Et toi, tu as aimé ?

— Oh bah tu sais, Isabelle Carré, moi chui fan. Elle réciterait le bottin j'irais l'écouter quand même, alors…

« "Tu peux être tranquille : il reste du limpide en toi. En une seule vie, tu n'as pas pu tout souiller." Michaux. »

S'affichant sur l'écran de mon portable, que je venais de rallumer, ce texto, expédié par Arno à 20 h 48, m'a cueillie comme un coup de bélier en plein plexus solaire. Son aptitude à percevoir, à l'instant T, que je m'échevelais contre mes moulins à vent, cloîtrée dans un cinéma, m'a effrayée : pour un esprit moins rationaliste que le mien, elle aurait relevé de la télépathie.

Beaucoup d'êtres humains témoigneraient-ils encore d'une telle sollicitude à mon endroit ?

— On boit un verre ? a demandé Lucas.

— Avec plaisir.

— Café Beaubourg ?

— Oui, bonne idée.

Derrière les lourdes tentures pourpres, un serveur nous a conduits à une table proche du comptoir, et nous avons commandé deux vins chauds.

— Alors comme ça, le Dr Dumont s'enflamme pour l'art contemporain, mmmh ? a demandé Lucas, de but en blanc, s'arrangeant, comme à l'accoutumée, pour m'installer au centre de la conversation afin de mieux se planquer, lui.

— Tu m'as l'air bien renseigné, dis donc…

— J'ai croisé Stéphanie, la semaine dernière.

— Ah, voilà… Elle ne peut pas tenir sa langue.

— Quoi, c'est confidentiel ?

— N'allons pas jusque-là, mais enfin… Je ne tiens pas à officialiser.

— Pourquoi ?

— Parce que je ne sais tellement pas où va me conduire cette passade que je regrette presque de l'avoir commencée…

— Tu veux dire que la passade se passe maussade ?

Il s'est souri à lui-même, plein d'une vaniteuse indulgence pour cette allitération que je jugeais, quant à moi, typiquement tirée par les tifs.

— Oh non, au contraire ! Je crois bien que je ne me suis jamais aussi bien entendue avec personne. Je t'assure, c'est même troublant, cette intimité qui se crée entre nous dès qu'on se retrouve. Je me sens respectée, on ne s'engueule jamais. Il me redonne confiance en moi. Et puis, il est de bonne composition, un rien l'émerveille, ça me change du boulet ventru.

— Tu parles d'Alain ?

— Oui, le bande-mou qui terminait son affaire après sa vingtaine de va-et-vient, très fier de lui. De qui d'autre voudrais-tu que je parle ?

Il a agité la main.

— Eh ben toi, alors... Quand t'as quelqu'un dans le collimateur... J'aimerais pas être ton ennemi !

— Il ne tenait qu'à lui de ne pas le devenir. N'inverse pas les rôles, s'il te plaît.

— Tu as raison... En tout cas, d'après ce que tu me décris, avec ton chéri, c'est peut-être l'amouour.

— Ne dis pas n'importe quoi...

— Et pourquoi pas ?

— Lucas... Il a *vingt* ans.

— OK, *and so what* ? Anny Duperey, elle a bien vécu dix ans avec Cris Campion quand elle s'est séparée de Giraudeau.

À la longue, il me lassait, avec son *name dropping*.

— C'est qui, Tartempion ?

— Un comédien. Il a vingt-cinq ans de moins qu'elle. Et Madonna, elle veut se marier avec son toy-boy. Ils ont presque trente ans d'écart. Tu vois, tu as de la marge... Tu crois vraiment qu'il faut essayer de *tout* contrôler ?

— Je ne sais pas, Lucas... Je ne sais plus.

— Moi je crois pas. Parfois, Nathalie, je ne te comprends pas. Il y a quelque chose d'absurde dans ce que tu me racontes. Tu es bien avec lui, vous ne vous disputez jamais et la seule question que tu trouves à te poser, c'est : « Quand est-ce que je vais avoir le courage de le quitter ? » *Carpe diem*, tu connais ? Profiter de l'instant, ça t'arrive, de temps en temps ?

— Et s'il s'attache, et que moi je rencontre enfin un mec avec qui faire un môme, et que du coup je quitte Arno, et qu'il souffre affreusement ?

Il a pincé le coin de sa bouche, en dodelinant la tête de droite à gauche, pour exprimer sa désapprobation.

— En somme, tu veux le quitter maintenant pour éviter de le faire souffrir au cas où, éventuellement, tu le quitterais plus tard ?

— En somme, oui, c'est à peu près ça.

— Le principe de précaution appliqué au domaine sentimental, en quelque sorte ?

— Si tu veux…

— Je sais pas si on va nous emmerder encore longtemps, avec ce truc. Plus personne vit rien du tout, alors, dans ces conditions. C'est comme leur saleté de grippe A, là. Quel foutage de gueule ! Je te parie que dans six mois, on n'en parle plus. Tu t'es fait vacciner, toi ?

— Oui. On n'a pas le choix, nous, on est en contact permanent avec les patients…

— C'est sûr… Enfin, fais gaffe quand même, la roue tourne vite, dans ces histoires-là. À vingt piges, on se remet plus vite qu'à quarante. Si vous cassez, peut-être que, bientôt, tu t'en mordras les doigts, tandis que lui, il aura la vie devant lui.

Une pointe de jalousie m'a titillée, quand je l'ai soudain imaginé au bras d'une beauté fatale, comme la splendide Eurasienne de la Fafactory, par exemple. Elle ne couperait pas les cheveux en quatre, elle, mais profiterait à fond de l'intelligence éblouissante d'Arno et de sa renommée grandissante.

— Tu sais, a dit Lucas, ton histoire me fait penser à un docu que j'ai vu y a quelques mois, à la télé. Des vilains petits canards racontaient le chemin de croix qu'avait représenté pour eux la sexualité, jusqu'au jour où ils avaient appris à s'accepter tels qu'ils étaient. Y avait une boulotte voluptueuse, qui se tapait des canons que lui enviaient ses copines, depuis qu'elle mettait ses formes en valeur, après avoir fait la paix avec ses complexes. Y avait aussi un roux pas beau à lunettes, qui avait connu une jeunesse calamiteuse avant que le déclic se produise : un jour, il avait compris qu'en utilisant l'autodérision pour évoquer son visage disgracieux et son *small penis* avec les nanas, il collectionnerait les conquêtes, à la place des râteaux. Le mec disait, pour déconner : « Je vis mon adolescence à quarante-quatre ans. » Ben dis-toi simplement que tu as deux ans d'avance sur lui. C'est normal, puisque la puberté arrive toujours un peu plus tôt chez les filles…

Je me suis déridée, pour la première fois de la soirée, sans parvenir à déterminer s'il convenait d'attribuer cette détente à la saillie de Lucas ou bien au délicieux vin chaud aromatisé à la cannelle qui, même si je le lapais à brefs coups de langue pour éviter de me brûler, diffusait déjà dans mon organisme ses ondes de trompeuse euphorie.

— À un moment, la voix off a dit : « Vous avez de la chance, vous êtes nés à la bonne époque. » Ce qui signifiait, en tout cas je l'ai interprété comme ça, que la libéralisation des mœurs qu'on a conquise de haute lutte permet à n'importe quel individu cabossé de rebricoler sa vie, de retricoter du lien, de disposer d'une seconde chance, sans se retrouver coincé dans le carcan des conventions sociales à cause d'un mauvais choix ou d'une sale gueule. Moi, *grosso modo*, je partage cet avis. On est libres aujourd'hui, complètement libres ! Et ceux qui se lamentent sur les travers du monde actuel ne me persuaderont jamais que cette émancipation ne représente pas un progrès indéniable. Je me refuse à idéaliser le passé.

J'ai acquiescé en silence, l'air pénétré, pour mieux dissimuler à Lucas que, personnellement, m'embrouillant dans les dates clés de la Révolution, situant vaguement les Croisades ou la Fronde dans la chronologie, possédant sur les Antiquités grecque et romaine quelques notions, héritées de mes visites à l'Acropole ou au Colisée, je manquais du bagage historique pour établir des comparaisons qui m'auraient permis de conclure avec certitude que j'étais arrivée sur la Terre à un stade particulièrement enviable de l'évolution. Sans doute convenait-il toutefois de se reposer sur la bonne foi des documentaristes, qui n'auraient pas avancé cette assertion primordiale sans l'avoir étayée par des arguments irrécusables.

— Pourquoi tu te lances pas avec Arno ? Au pire, si c'est pas toi qui le fais souffrir, ce sera quelqu'un d'autre. C'est ce qu'on appelle la vie, non ?

— Tu crois ?

— Il me semble, oui.

— Pourtant Soizic et toi, vous ne vous faites pas de mal ?

— Plus maintenant, non. Mais tout n'a pas toujours été rose. On en a mis, du temps, à se trouver, à comprendre chacun de notre côté qu'on avait envie de construire notre vie ensemble.

J'ignorais que leur couple avait été secoué de pareilles convulsions.

— C'est-à-dire ?

— Tu sais, je préfère m'abstenir de participer à cet étalage de l'intimité qui se pratique partout, en ce moment. Il faut dire combien on gagne, avec qui on baise, si on atteint l'orgasme à chaque fois. Tu es même suspect si tu n'annonces pas pour qui tu votes...

Sa réponse fleurait le bon sens, pourtant elle m'a vexée. Justement parce qu'elle fleurait le bon sens.

Il était dans la vie, lui.

Pourquoi était-il dans la vie, et moi hors la vie ?

— Enfin, ça y est, aujourd'hui c'est le bonheur ?

— Écoute, oui, a-t-il dit fermement, ça va très bien.

J'avais déjà remarqué, sans m'en expliquer la raison, que Lucas rechignait à employer le mot « bonheur ».

— Et le bébé, c'est pour bientôt ?

— On y pense, oui. Soizic a pas mal de boulot, mais moi je voudrais plus trop attendre.

Davantage qu'elle, c'était donc lui qui désirait un enfant… Elle n'allait pas le supplier, comme je m'y étais longtemps abaissée auprès d'Alain. Ils construisaient ensemble une relation égalitaire, fondée sur l'échange.

Décidément, une coalition phallocrate se liguait contre moi, ce soir. Ajoutée à ce noir long métrage puis au texto d'Arno qui m'avait remué les tripes, la sérénité de Lucas m'écœurait.

Il a bondi.

— Raaanh ! J'avais oublié, j'ai rencard chez des amis. Tu m'excuses deux secondes ?

Il s'est absenté, après avoir sorti son téléphone.

J'en ai profité pour payer. Quand il est revenu, il a, illico, enfilé son duffle-coat beige.

— Je suis désolé, ça m'était complètement sorti de l'esprit.

Il a appelé le serveur.

— Laisse, je m'en suis occupée.

— Oh, c'est gentil, Nathalie, merci ! Alors à charge de revanche, hein ?

Jusqu'à l'ultime instant, j'ai espéré qu'il me proposerait de l'accompagner. J'aurais refusé, de toute façon. Je me levais tôt demain, et puis j'étais claquée, à cause des commotions qui s'étaient enchaînées à un rythme trop rapide, ces deux dernières heures. Pourtant, quand Lucas m'a posé la main sur l'épaule, puis embrassée en lançant son traditionnel « Porte-toi bien » avant de filer en direction des Halles, je me suis sentie rejetée, abandonnée à une solitude effroyable, irrémédiable, ancrée en moi depuis si longtemps qu'elle était devenue consubstantielle à ma personnalité.

J'ai choisi de rentrer à pied, pour m'imposer un peu d'exercice physique. Une activité de vieille, ça, la marche. J'avais envie de pleurer tandis que, bravant le froid polaire, j'arpentais l'esplanade où tourbillonnaient des bourrasques gelées. Et d'ailleurs, je pleurais, alors, entre deux reniflements, sans réfléchir, pour me réchauffer à sa joie de vivre et à ses vertes années, j'ai appelé mon Arno qui avait coupé son portable, comme toujours lorsqu'il peignait.

« Répondeur d'Arno Genic, merci de laisser un message. »

Merci de laisser *run* message.

J'adore la liaison.

Et puis pas de salut, pas de formule de politesse, le strict nécessaire, j'aime cette rudesse et sa voix grave, aussi.

Un timbre féminin m'a informée qu'après mon message, je pourrais raccrocher. Quand les députés interdiront-ils enfin ces annonces ? Quel pactole les opérateurs empochent-ils grâce à ces quelques secondes de commentaires inutiles, importuns, multipliés des millions de fois ?

J'ai coupé la communication sans avoir prononcé une parole, titubant de chagrin sur les trottoirs élargis des rues du Marais, rénovées depuis peu, à l'ancienne. Les pavés high-tech antibruit absorbaient le martèlement de mes talons. Lucas espaçait tellement chacun de nos rendez-vous qu'il m'annoncerait sans coup férir la grossesse de Soizic à notre prochaine entrevue.

Le choc m'achèverait.

Pourquoi n'avais-je pas été foutue, moi, de séduire un homme de mon âge, beau et riche pour ne rien gâcher, qui m'aurait donné un enfant, sans chercher midi à quatorze heures ?

Et cet Arno Genic, il allait me poursuivre encore longtemps, lui aussi ? Et on vous offre un verre, et on vous prête une oreille attentive des heures durant, et on propose des solutions concrètes à vos malheurs, et on vous console, on vous embobine, oui.

Soudain, comme je dépassais Zadig & Voltaire, son bouleversant visage a jailli dans le reflet de la vitrine.

Non, il n'embobinait personne.

Si l'innocence existait sur cette terre, elle logeait en Arno.

Parvenue chez Muji, j'ai traversé la rue.

La culpabilité m'a de nouveau assaillie. Était-il honnête de prolonger cette relation déséquilibrée, fondée à l'origine sur de phantasmatiques réminiscences mais aussi sur le fait que mon âge et mon statut social l'impressionnaient, alors qu'elle lui causerait peut-être des blessures profondes, dont il garderait longtemps des séquelles ?

J'ai laissé sur ma droite Les Petites..., Chattawak, Biscote et Barbara Bui. À l'affût de quelque belle pièce en prévision des soldes prochains, je me suis attardée au Comptoir des cotonniers, puis chez Aubade, dix pas plus loin, cherchant quelles dentelles affriolantes j'aurais pu m'acheter, pour personne. J'avisais les enseignes Loft et Ted Baker qui brillaient, là-bas, dans la nuit.

Sans but précis, je suis repassée sur le trottoir d'en face.

Devant la boutique Monderer, enfin, je me suis aperçue que je faisais fausse route. Comme chaque fois de ma vie où j'avais hésité à la croisée des chemins, le salutaire sursaut s'est produit, la battante en moi s'est insurgée, j'ai tranché – j'ignore par quel prodige.

Le temps dont je disposais pour tomber enceinte se comptait en mois, désormais. Plutôt que de me lamenter sur mon sort, j'allais les mettre à profit pour atteindre mon objectif. Dans cette optique, force m'était de reconnaître que, en assouvissant partiellement mes besoins, Arno m'interdisait de me rendre disponible pour un autre mâle. Mon jeune amant se dressait sur mon chemin comme un obstacle. Même si cette nécessité me chagrinait, il fallait tailler dans le vif. Une séparation nous délivrerait l'un et l'autre de cette mélasse où nous avions pataugé tout l'automne.

À peine ma porte refermée, je me suis assise à mon bureau.

De : Nathalie Dumont
À : Arno Genic
Date : 05/01/2010 23 : 50
Objet :

Arno, c'est fini.

Je ne parviens plus à donner un sens à notre histoire, si tant est que nous puissions nommer ainsi la relation si particulière que nous avons entretenue toi et moi ces dernières semaines.
Je préfère donc arrêter là.

Les mots passaient spontanément de mes doigts au clavier, affermissant ma détermination.

Je te prie de respecter ma décision et de ne chercher à me revoir ou à me contacter sous aucun prétexte.
En souvenir des heures magiques que ta bonté, ton ire et ton intelligence m'ont permis de vivre à tes côtés, je t'embrasse très tendrement.

« Heures magiques » ?

Et pourquoi pas ?

Ça sonne bien, « heures magiques », c'est poétique.

Prends soin de toi,

Oui, cette scie produit toujours son effet, à l'occasion d'une rupture : en même temps qu'on le démolit, on souhaite au répudié un prompt rétablissement. J'avais visité une exposition de Sophie Calle, autour de ce thème. À Beaubourg, tiens, justement.

Nathalie

Je me suis relue, puis j'ai cliqué sur « Envoyer ».

À présent, je regardais devant moi.

Janvier débutait, propice aux bonnes résolutions.

XI

Et puis, alors que le cauchemar de la chasse aux occupations a repris à l'endroit exact où Arno l'avait interrompu, malgré la méticulosité avec laquelle on planifie chacune de ses soirées quinze jours à l'avance, survient toujours un stupide vendredi où la vigilance se relâche. Imprudemment, l'on n'a rien prévu ; ni vernissage chez des particuliers philanthropes, ni hammam à la mosquée. Aucune opportunité ne s'est présentée, malgré la méritoire pugnacité manifestée sur le champ de bataille amoureux : inscription sur Meetic Affinity et pointscommuns.com, fréquentation bihebdomadaire du Waou Club, présence assidue, chaque mardi et chaque jeudi, au cours de flamenco essentiellement peuplé par des femmes, réactivation d'anciens contacts dans le but de participer à des dîners où traînerait un célibataire de la tranche d'âge idoine. Et Lucas qui ne propose pas *in extremis* une avant-première à Beaubourg…

Au terme d'une semaine épuisante où les patients les plus irascibles se sont passé le mot pour défiler au cabinet, on ne peut même pas se réjouir de l'arrivée du week-end, puisqu'on ne le partagera avec personne.

Écouter enfin *Don Giovanni* en intégralité, comme on se le promet depuis des années, sans rien faire d'autre que suivre les paroles sur le livret, lovée sur le canapé Cinna, ou s'appuyer dans le texte le dernier pavé d'Ellroy pour exercer son anglais, alors que la certitude qu'on n'attendra jamais un deuxième enfant dévore les neurones tel un Pacman glouton, dépasserait les capacités spirituelles d'un maître zen.

Reste juste à offrir, soumise, son temps de cerveau disponible au téléviseur, en admirant la lucidité de l'ancien P-DG de TF1, Patrick Le Lay, et à subir *Adieu 14*, un documentaire consacré à la der des ders, tourné en 2005, et rediffusé par une chaîne câblée à l'occasion du deuxième anniversaire de la mort du dernier poilu, Lazare Ponticelli, le 12 mars 2008.

Images lugubres et commentaires sinistres revigorent à la longue, en aidant à relativiser la mouise : on ne rigole certes pas tous les matins au début du XXIe siècle lorsqu'on se nomme Nathalie Dumont, mais au moins ne se trimbale-t-on pas une gueule cassée, difforme et crevassée, à l'instar des terres autrefois arables de la campagne meusienne.

Et puis soudain, Ferdinand Gilson, « un des ultimes survivants de la boucherie », apparaît à l'écran, et l'éblouissement a lieu. Il a cent six ans alors, et mourra avant la fin du tournage, une nuit de février 2006.

Il est attablé au côté de son épouse, dans leur salle à manger. Elle désigne une montagne de lettres, auxquelles elle répondra quand son poignet endolori aura désenflé. Elle seule parle, lui l'écoute, l'œil pétillant, ponctuellement il l'interrompt, pour lâcher un trait d'esprit qui prouve qu'il a « gardé toute sa tête ».

« Ça l'avait choqué quand même hein, parce que, je l'ai connu qu'il en avait un petit coup », dit-elle d'une voix de stentor.

Puis elle vrille sa tempe avec son index, pour signifier à son interlocuteur que, vingt ans après qu'il était réchappé des tranchées, son mari demeurait encore zinzin.

« Mais moi aussi, alors… On s'est bien entendus ! On était aussi dingos l'un que l'autre… Mais moi c'est à cause de la guerre de mon père et lui, c'est à cause de la guerre à lui. C'est pour ça, ça nous a rapprochés. »

« *Homo homini lupus*, ajoute l'ancêtre. Un adage latin », précise-t-il par souci d'intelligibilité, conscient que la part dévolue aux langues mortes a pas mal diminué dans les programmes d'enseignement, depuis le temps où il trouait ses fonds de culotte sur les bancs de la communale.

Lors d'une de leurs promenades, ils croisent un jeunot de soixante-quinze ans qui s'exclame, lorsque Ferdinand Gilson lui révèle son année de naissance :

« 1898 ! Vous avez connu Napoléon alors !? »

Content de sa vanne, il n'attend aucune répartie – *reu*partie ? – de la part du gâteux, lequel médite puis répond pourtant :

« On était fâchés. »

Sidéré, l'autre agrandit les yeux puis, beau joueur, il s'esclaffe, ravi de se voir ainsi renvoyé à ses chères études. En guise d'adieu, il se laisse aller à baiser la main du poilu qui proteste, scandalisé par cet outrage à sa virilité.

Peu après, alors qu'on fête entre amis l'anniversaire de Ferdinand, son épouse entonne « Parlez-moi d'amour », et lui la couve d'un regard émerveillé, elle a toujours vingt ans, le jaunissement des dents, le flétrissement du visage, l'avachissement du corps n'y changent rien, il faut enfermer, ligoter, bâillonner ces vieillards, deux dangers publics pour les publicitaires, l'industrie cosmétique et les *love coach* à trois cents euros de l'heure.

« Faut voir la vie qu'on a menée, hein..., dit madame, une fois qu'elle a trempé ses lèvres dans le champagne. On a mené une vie magnifique, tous les deux. Je l'avais pris au lasso quand j'avais dix-neuf ans, eh bah, écoute, soixante-quatre ans après, on est encore ensemble ! »

Ou peut-être avait-elle plutôt prononcé : « J'ai été prise au lasso » ?

Je n'aurais rien juré sous serment, mais je concevais aisément, étant donné sa vivacité toujours intacte malgré ses quatre-vingt-trois ans, que cette amazone ait capturé puis apprivoisé, elle, son étalon ensauvagé par la terreur des obus. Du coup, une pièce centrale du puzzle me manquait, mais au moins savais-je que l'un des deux avait conquis l'autre *manu militari.*

Ces éclopés, que l'impensable férocité humaine avait amputés de pans entiers de leur personnalité, occasionnant des blessures identitaires si monstrueuses que le pronostic vital était demeuré longtemps engagé, sans leur soutien mutuel, ils auraient absurdement titubé à travers l'existence tels deux boiteux aveugles, mais, au contact l'un de l'autre, s'ajustaient pour enfin reformer un ensemble harmonieux.

Le carnage, la dévastation, le désespoir ne les avaient pas empêchés de mener une vie magnifique.

Non, cette vie magnifique, ils l'avaient construite malgré la guerre, ils l'avaient construite à cause de la guerre, ils l'avaient construite grâce à la guerre, sans cellule psychologique de déchocage ni commission d'indemnisation des victimes.

« Une vie magnifique. »

La formulation parlait d'elle-même, non ?

Après soixante-quatre années de mariage : une vie magnifique.

Parmi les baby-boomers ayant grandi dans l'opulence des trente glorieuses, préservés depuis leur naissance du mal absolu qu'évoquait Arno, l'autre nuit, combien pouvaient-ils en remontrer à cette paire de sublimes rescapés ?

Ils s'étaient mariés lorsqu'elle avait dix-neuf ans et lui quarante-trois. À peu de chose près l'écart d'âge qui nous séparait, Arno et moi.

Ma gorge s'est nouée.

Et si j'avais manqué cette occasion-là, avec lui ?

Laissé filer mon ultime chance de mener une « vie magnifique » ?

N'avais-je pas tergiversé parce que j'étais une enfant gâtée par son physique avantageux, habituée à dédaigner des prétendants bavant devant elle, habitée par la conviction profonde que l'amour, le vrai, l'idéal, lui était dû et qu'il surviendrait fatalement dans un hypothétique futur ?

À mon grand désappointement, Arno ne m'avait pas relancée après mon largage électronique, silence qui dénotait un caractère en acier trempé. Je me sentais, du coup, d'autant plus péteuse qu'en découvrant ma faute de frappe, le lendemain matin, j'avais d'abord été furieuse contre le correcteur automatique défectueux, avant de m'apercevoir que le mot « ire », s'il était passé d'usage, figurait bel et bien au dictionnaire.

« Ta bonté, ton courroux et ton intelligence »…

Grotesque.

Louper même sa rupture, quelle bouffonnerie…

J'ai résisté une dizaine de minutes, après le générique, mais la pulsion a été trop forte. N'osant l'appeler, j'ai rédigé un texto.

« Cher Arno Genic, pour me punir de ne savoir ni l'ire ni écrire, m'infligerez-vous la douce peine de me racheter autour d'un dîner ? »

Je l'ai relu trente fois avant de presser la touche « Envoi ».

Manque de chance, son téléphone était éteint : le message avait bien été « délivré » mais aucun accusé de réception ne m'est parvenu. L'espérant au cinéma, ou en train de parader dans la cave voûtée de quelque galerie d'art où on ne « captait pas », j'ai laissé mon portable allumé. À force de vérifier sans relâche si Arno avait lu, oui ou non, ce satané texto, je ne me suis pas endormie, pour une des rares fois de ma vie. Vers quatre heures, consciente que, si je ne m'y résolvais pas, l'aurore poindrait avant que je ferme l'œil, j'ai coupé mon téléphone. Quand je me suis réveillée, vasouillarde, j'ai puisé dans ce qui me restait d'énergie pour ne pas le rallumer avant d'avoir grignoté un petit-déjeuner. Pendant que mon deuxième *espresso* coulait, j'ai tapé mon code PIN et guetté la sonnerie aiguë qui me signalerait la réception d'un message, mais le stupide engin est demeuré muet.

J'ai ressassé tout le samedi, sans parvenir une seconde à dominer mes obsessions. Le dimanche, hébétée par ma deuxième insomnie, j'ai rempli mon devoir électoral vers onze heures puis les minutes ont défilé, improductives et vides, jusqu'au soir où, folle d'incertitude, dévorée de frustration et de curiosité, j'ai appelé Arno après avoir masqué mon numéro, en composant « #31# » sur le clavier. Une voix de synthèse m'a signalé que la ligne n'était plus attribuée.

Le lundi, je ne l'ai pas vu au Bar Bouillage, et le lendemain pas davantage. Audrey s'activait bien dans la salle mais, derrière le comptoir, un trentenaire chevelu, aussi fade qu'incongru, retirait tout cachet à cette gargote. Toute honte bue, j'y ai tout de même déjeuné, pour m'enquérir de l'absent auprès d'Audrey, qui m'a volontiers renseignée : Arno avait démissionné en février et n'avait plus reparu depuis.

Alors, courageusement, j'ai grimpé les quatre-vingt-quatre marches jusqu'à sa chambre de la rue Crozatier. J'ai frappé, entendu derrière la porte un remue-ménage, le froissement d'un drap, des pas. On a tourné le verrou mais je m'étais affolée pour rien car un type assez patibulaire, dont les yeux chassieux m'observaient d'un regard bovin, m'a informée qu'il louait cette chambre depuis mars. De toute évidence, je le réveillais.

Le soir, j'ai constaté qu'Arno avait clôturé son compte Facebook. Je me suis inquiétée de son état de santé dans un message assez neutre qui, ainsi que je m'en doutais, m'est revenu avec ce titre : *Undelivered Mail Returned to Sender.*

I'm sorry to have to inform you that your message could not be delivered to one or more recipients. It's attached below.

<arno.genic@gmail.com> : User unknown

Cette réplique automatique m'a douchée comme une rebuffade. Une injure d'Arno ne m'aurait pas refroidie davantage. Mon hystérie est tombée comme un soufflet, j'ai cessé net cette fuite en avant qui se prolongeait tout de même depuis vendredi.

J'en aurais sans doute appris davantage en explorant la Toile mais je m'apercevais avec étonnement qu'en ce début de siècle, sous le règne supposé de Big Brother, un citoyen pouvait encore effacer ses traces, lorsqu'il s'y ingéniait.

À l'agitation intérieure a succédé l'abattement, lui-même remplacé peu à peu par un taraudant complexe d'infériorité, à mesure que je prenais conscience du rôle qu'avait joué dans ma débandade l'exemple du couple modèle que formaient pour moi Ferdinand Gilson et son épouse. Les autres personnes de mon entourage se laissaient-elles ainsi dicter leur conduite par les programmes télévisés, ou bien pâtissais-je d'un tempérament particulièrement faible et malléable ? Si je n'avais pas visionné *Adieu 14* au hasard d'un zapping, j'aurais en effet pour toujours ignoré que, quelques semaines après avoir lu mon dernier courriel, Arno avait disparu.

XII

Ma rencontre avec Francis découle-t-elle du soulagement paradoxal qui m'a envahie alors ou bien fut-elle favorisée par l'amélioration de mon humeur, consécutive à cette anachronique percée de l'été, advenue vers la fin d'avril, au terme d'un épouvantable hiver qui s'était éternisé bien après la date de péremption affichée au calendrier ?

Maintenant que tonnait chaque matin, à plein volume dans mon salon, le finale de la *Neuvième* de Dvořák, je comprenais pourquoi Arno m'en avait recommandé l'écoute. Je m'installais sur le balcon avec *Notre-Dame de Paris* et offrais mon corps aux rayons brûlants pour jouir des vertus euphorisantes et régénératrices du soleil. Alourdi par les remords qui contrariaient ma concentration, l'ouvrage me tombait des mains.

Et si Arno avait commis l'irréparable ?

Ne m'étais-je pas servie de lui avec un détestable opportunisme, le temps de porter le deuil de mes illusions ? Sans sa bienveillance inépuisable, aurais-je ainsi traversé l'ombre sans dommages ?

M'aimait-il pour de bon, comme le postulaient Stéphanie et Lucas ? Plus en tout cas que ne se l'était figuré mon âme enténébrée de ces derniers mois ? La rupture avait-elle occasionné dans son cœur épris d'absolu des dégâts imprévisibles ?

Que sait-on des autres ?

Des blessures inouïes qu'ils taisent non pas volontairement, mais parce que l'immensité de la peine tient tout entière à son intransmissibilité.

La poursuite de l'oiseau rare à laquelle je m'essoufflais depuis des mois m'est apparue bien dérisoire : obéissant à la convocation de quelque fée compatissante, mon futur compagnon s'est déplacé de lui-même jusqu'à ma salle d'attente.

Ainsi donc suffisait-il d'accorder du temps au temps, sans transes ni pathos ?

Ce jeudi-là, l'homme qui feuilletait *Voici* lorsque j'ai appelé son nom ne correspondait certes pas à l'apollon de mes rêves car il me rendait cinq bons centimètres. De plus, il négligeait sa coiffure, et les cicatrices d'une virulente acné juvénile grêlaient ses pommettes.

Et puis, ce prénom, je le déteste depuis toujours.

Pourtant, son assurance m'en a imposé d'emblée. Il consultait pour une myopie bénigne qui, ajoutée à une presbytie naissante, nécessitait le port de lunettes à verres progressifs. À l'issue de la visite, où j'avais manié avec quelque nervosité les instruments, aussi troublée derrière mon autoréfractokératomètre par les effluves de son parfum que par la virile touffe sortant de son chandail en maille, échancré sur un torse musclé, cet ostéopathe de quarante-neuf ans, divorcé, randonneur émérite et père d'un garçon de douze ans, s'est comporté comme trop peu d'hommes savent encore le faire aujourd'hui : il a osé.

« Mon cabinet n'est pas très loin du vôtre, vous seriez libre pour un déjeuner, dans la semaine ? »

Je l'étais.

*

À l'inverse de ce qu'on s'imagine lorsqu'on erre éperdue dans le mépris de soi, le célibat se révèle souvent plus précaire que le mariage – au grand dam de pas mal d'épouses. On se réveille libre un matin et, le lendemain, on ne l'est plus. La seule grâce d'une rencontre pulvérise la muraille bétonnée où l'on se bosselait obstinément le front depuis plusieurs éternités. L'horizon réapparaît par miracle, l'avenir aux alléchantes promesses de nouveau tend les bras.

Une telle facilité m'a décontenancée, peut-être parce que j'ai découvert l'extrême simplicité d'une relation entre un homme et une femme, lorsque l'un et l'autre aspirent à se reproduire. Traumatisé par son catastrophique divorce d'avec la peau de vache aigrie qui lui avait trop longtemps servi de moitié, Francis désirait lui aussi refonder au plus vite un foyer et incarner ce recommencement dans un deuxième enfant. L'espoir a ressuscité de bientôt grossir à mon tour les rangs des quadragénaires enceintes, après Monica Bellucci ou Claudia Schiffer qui, en juin dernier, avait posé nue, à sept mois, pour la couverture de *Vogue* Allemagne.

Je n'enviais toutefois plus personne, depuis lui.

Le rajeunissement de mon âme décuplait ma féminité qui explosait, à quarante-trois ans, tandis que, six mois auparavant, je me préparais à glisser vers l'automne, à l'instar de mes cheveux qui, de plus en plus nombreux, du brun, tournaient en quelques jours à l'auburn puis auraient viré au gris si Mourad, mon coloriste chez Dessange, n'avait sursis à l'irrémédiable avec ses coûteuses teintures.

L'été suivant, au terme des trois semaines de l'enchanteur séjour californien que nous nous octroyâmes, Francis et moi, Charlotte m'annonça, comme je l'avais subodoré, qu'elle emménageait avec Alex à Marina del Rey. Les pectoraux gonflés de Francis ont amorti la collision, le soir venu, lorsque je suis tombée dans ses bras, de retour dans la chambre d'hôtel. Désapprouvant l'aspect fusionnel de ma relation avec Charlotte, il avait, au propre comme au figuré, remis les pendules à l'heure en m'encourageant, avec tact mais fermeté, à régler de nouveau les horloges de mes appareils électroniques sur le fuseau horaire parisien. J'aimais avec quelle délicatesse il concourait à rectifier mes erreurs.

La joie qu'il prodiguait amplifiait celle de ne pas avoir laissé Alain me détruire. Ce pauvre diable m'inspirait davantage de pitié que de ressentiment, à présent.

« Vous saurez que vous êtes guérie quand vous n'aurez plus envie de vous venger. »

Une fois de plus, j'admirais la sagacité d'Arno. Non, il ne devait pas être courant, dans une vie, de croiser la route d'êtres aussi exceptionnels que mon Genic en herbe.

J'ai craqué en septembre, un dimanche matin, et désobéi à cette intuition qui me dissuadait d'élucider l'énigme. Sur Google, j'ai tapé la chaîne de caractères Arno Genic, en l'entourant de guillemets afin de « réduire le bruit documentaire », comme le conseille toujours Stéphanie.

La première page ne m'a offert que des informations sur ses activités parisiennes antérieures à cette nuit de janvier où j'avais non pas coupé, mais bombardé, mais chirurgicalement frappé les ponts. En haut du deuxième écran, en revanche, une réponse a retenu mon attention. « Arno Genic » figurait en gras dans une phrase répertoriée à cette adresse :

http://www.igor-cenna.net/presse/fouine.php

Le lien renvoyait à un entretien qu'avait accordé le jeune plasticien, exilé en Italie, dans la ville de Florence, à un webzine français vaguement avant-gardiste.

« Quand j'ai commencé à exposer, j'ai ressenti le besoin de m'inventer une identité de rechange, pour effacer l'ardoise, comme si mes dix-huit premières années n'avaient constitué qu'un vaste brouillon. Je ne me suis pas foulé puisque j'ai choisi comme pseudo une anagramme de mes nom et prénom. Récemment, suite à une crise dans ma vie personnelle, j'ai éprouvé le besoin d'effectuer le chemin en sens inverse et de revenir à ma personnalité véritable. Mais je n'exclus pas de signer à l'avenir d'autres hétéronymes, car on a plusieurs vies, n'est-ce pas ? »

Au moins savais-je désormais que le substantif « anagramme » appartient au genre féminin. Pour « hétéronyme », ma foi, je m'en remettrais à mon Larousse.

J'ignore si le « talent de demain » – ainsi que l'appelait le journaliste – l'avait conçu lui-même, mais l'organisation du site trilingue où je naviguais se révélait digne d'un webmestre professionnel, à cette réserve près qu'une icône « En travaux » clignotait au milieu de l'écran, si l'on cliquait sur le drapeau italien.

Sur la page d'accueil du portail étaient reproduites certaines toiles de la plus récente série de l'artiste, « Tagalogue », consacrée à l'invasion du graffiti dans le paysage urbain, omniprésence selon lui aussi nuisible pour la vue que la disparition du silence l'est pour l'ouïe, autant d'éléments auxquels, pour ma part, je n'avais jamais attaché la moindre importance.

J'agrandis une des vignettes, qui avait attiré mon attention. Sous les couches de peinture dégoulinante superposées les unes aux autres, on distinguait à peine l'inscription : « Centre d'hémobiologie périnatale », sur une plaque apposée derrière l'hôpital Saint-Antoine. Avec six mois de recul, j'étais émue d'avoir été en quelque sorte à la source d'un geste créateur, parce que je me rappelais avec quelle fièvre Arno avait sorti son appareil de la sacoche qu'il portait en bandoulière et mitraillé ces tags, l'après-midi où il m'avait raccompagnée jusqu'au cabinet, puis fixé rendez-vous à La Fontaine, pour le dimanche suivant. Comment aurais-je pu imaginer, en acceptant ce premier café, que j'aurais envie de prolonger la conversation plusieurs mois durant ?

De nombreuses photographies illustraient le vernissage de l'exposition, qui s'était tenue dans une galerie toscane. Sur un des clichés, Arno posait entouré de ses parents, Marthe et Jacques Cenna.

Son père n'avait pas énormément changé. Ses cheveux grisonnaient, certes, et son embonpoint aurait nécessité une explication loyale avec un diététicien, mais dans l'ensemble il était demeuré égal à lui-même.

Sa mère, par contre, avait beaucoup maigri. Son visage osseux accusait les stigmates de sa lutte usante contre l'angoisse. Si Arno m'avait révélé que, avant de se reconvertir dans le piano, elle exerçait, comme son époux, la profession d'avocat, la coïncidence m'aurait peut-être mis la puce à l'oreille ?

Comment ne pas me condamner sans appel, toutefois, ni maudire mon manque de présence d'esprit ? Parce qu'enfin, cette ressemblance avec ses parents, elle crevait les yeux, tout de même ! Ne m'avait-elle d'ailleurs pas frappée à la seconde précise où j'avais croisé le regard d'Arno, à la Fafactory ? Il n'était, il est vrai, le portrait craché ni de l'un ni de l'autre. Ses traits formaient un subtil et harmonieux mélange de leurs deux physionomies. Cette ambiguïté façonnée par l'hérédité rendait aléatoire l'identification.

Était-il au courant, lui ?

Marthe et Jacques assuraient à l'époque qu'ils ne lui cacheraient rien. En tout cas, Arno ne m'en avait jamais soufflé mot, égalisant de la sorte à un mensonge partout, même si, objectivement, je jugeais le sien plus véniel que le mien dans la mesure où Arno avait omis, et non travesti, une vérité.

Ses parents et moi faisions figure de pionniers, en 1988, mais aussi d'épouvantails, alors que le législateur n'avait pourtant pas encore prohibé cette pratique en France.

Pourquoi se voiler la face ?

Les cinquante mille francs m'avaient sacrément mis le pied à l'étrier. Même, ils avaient bouleversé ma destinée. Aurais-je étudié, sans cette manne ?

À quand remontait ma dernière conversation téléphonique avec Marthe ?

J'habitais encore Asnières, à coup sûr, puisque je me revois parfaitement, tripotant le fil torsadé du combiné rouge, branché à la fiche de l'entrée.

Je daterais cet échange de 1992.

Ou 93, peut-être ?

Un bail.

La croissance de l'enfant se déroulait sans pépin ; il pétait le feu : que souhaiter de plus ? Pour se perpétuer, la vie impose ainsi des mues et les sociologues n'ignorent pas que, dans ce genre d'odyssée, après un certain laps de temps – variable selon les individus –, géniteurs et mère porteuse « oublient » parfois de se donner des nouvelles, amnésie volontaire qui justifie pourquoi la trajectoire des Cenna et la mienne avaient insensiblement divergé depuis ce 16 août 1989, lendemain de mon accouchement sous X, où, dans la chambre baignée de soleil d'une maternité provinciale, je leur avais, entre mille effusions et pleurs joyeux, offert Igor, leur fils.

Paris, février 2011.

Du même auteur :

La Vague à l'âme,
Scali, 2007

Principe de précaution,
Stock, 2009 ;
Le Livre de Poche, 2010

PAPIER À BASE DE
FIBRES CERTIFIÉES

Le Livre de Poche s'engage pour
l'environnement en réduisant
l'empreinte carbone de ses livres.
Celle de cet exemplaire est de :
250 g éq. CO_2
Rendez-vous sur
www.livredepoche-durable.fr

Composition réalisée par DATAGRAFIX

Achevé d'imprimer en août 2013 en France par
CPI BRODARD ET TAUPIN
La Flèche (Sarthe)
N° d'impression : 3001748
Dépôt légal 1re publication : septembre 2013
LIBRAIRIE GÉNÉRALE FRANÇAISE
31, rue de Fleurus – 75278 Paris Cedex 06

31/6657/6